令嬢はまったりをご所望。2

三月べに

Beni Mitsuki

RB

レジーナ文庫

登場人物紹介
チセ
獣人傭兵団の一人。
狼の姿を持ち、毛並みは青色。
豪快な性格で、とても大食い。
リュセ
獣人傭兵団の一人。
チーターの姿を持ち、
毛並みは白色。
ツンデレ担当で、
なかなか素直になれない。
ローニャ
とある小説の世界に、
悪役令嬢として転生した少女。
婚約破棄をきっかけに、
第二の人生をスタート。
田舎街でまったり喫茶店を
営んでいる。
ロト
蓮華の妖精。
とても人見知り。

オリフェドート
妖精達の暮らす
精霊の森の主。
ローニャと契約している。
シュナイダー
ローニャの
元婚約者。
ミサノ
小説の主人公《ヒロイン》。
グレイティア
王城に勤める
優秀な魔導師。
ローニャの
師匠的な存在。
シゼ
獣人傭兵団のボス。
獅子の姿を持ち、
毛並みは純黒。
チョコレートと昼寝が好き。
セナ
獣人傭兵団の一人。
ジャッカルの姿を持ち、
毛並みは緑色。
面倒見が良く、
ロト達とも仲が良い。

目次

令嬢はまったりをご所望。2

第1章 ❖ 探す者達。

1 まったり喫茶店の日常。

まったりした人生を送りたい。

それは、前世からの私の願い。

もしも来世があるのなら、もっとまったり過ごしたい。幸せな時間を多く持てる、豊かな人生を送りたい——ずっとそう願っていた。

思えば、苦しい人生だった。

苦しい時間ばかりで、幸せな時間はちょこんとあるだけ。

そんな息もつけないほどせわしない日々を過ごす中、私はついに息絶えてしまった。

そして気が付くと、とある人物に生まれ変わっていた。それは、死の直前に読んでいたネットの短編小説に登場する、悪役令嬢。小説では、主人公《ヒロイン》に婚約者を奪われてしまう、意地の悪いキャラクターとして描かれていた。

今世での私の名は、ローニャ・ガヴィーゼラ。このガヴィーゼラ伯爵令嬢の人生は、前世以上にせわしないものだった。

物心ついた頃からさまざまな教育を受け、息つく暇もないくらいの、目が回りそうな生活。

これでは、前世の二の舞になってしまう。

それでも苦しい生活に耐えられたのは、ロナードお祖父様《じいさま》とシュナイダーがいたから。

家族で唯一優しく接してくれたお祖父様《じいさま》と、「一緒に愛を育《はぐく》もう」と言ってくれた婚約者のシュナイダー。

もしかすると、小説とは違う未来が待っているかもしれない。

けれどそのかすかな希望は、呆気なく消えてしまった。

小説の舞台となるサンクリザンテ学園に入学すると、シュナイダーは小説の主人公《ヒロイン》であるミサノ嬢と出会い、少しずつ変わっていった。そして小説の展開通り、私は婚約者を奪われて、学園を追放されてしまったのだ。

だから私は、運命を受け入れることにした。潔《いさぎよ》くシュナイダーとの恋を諦め、ガヴィーゼラ家からも飛び出して、そして……

王都のはるか東南に位置する最果ての街――ドムスカーザで、小さな喫茶店を始めた。お店の名前は、まったり喫茶店。

この街で、私は念願のまったりライフをようやく手に入れることができた。まるで夢みたい。

読みかけの本のページをそっとなぞり、思わずふふっと笑みを零《こぼ》す。すると、すぐ隣から声をかけられた。

「ローニャお嬢ー？　何、笑ってるの？」

カウンター席の椅子ごと身体をこちらに向け、私の顔を覗《のぞ》き込んでくるのは、純白のチーターさん――もとい獣人族《じゅうじんぞく》のリュセさんだ。今は、獣と人の特徴をあわせ持つ、半獣の姿を取っている。

純白の髪はサラサラで、瞳はライトブルー。スラッとした足は、モデルさんのように長くて細い。腰回りも引きしまっていて、キラキラした王子様系のイケメンさん。でもこう見えて、彼は傭兵《ようへい》なのだ。

私の膝の上では、リュセさんの白くて長い尻尾がふわふわと揺れている。その動きが可愛らしくて、ますます笑みを深めると、今度は反対側から声をかけられた。

「本の中に面白いシーンでもあったの？」

視線を反対に向けると、半獣姿のジャッカルさんと目が合う。獣人族のセナさんだ。ピーンと立った耳と髪は緑色で、瞳も深い緑色。小柄で体格も華奢《きゃしゃ》な男性だけど、彼もまた傭兵の一人。

セナさんは、リュセさんと同じように私の膝に尻尾を乗せ、それをふぁさっと揺らす。

「……いえ。ただ、こんなにもまったりできることが嬉しいと感じまして」

セナさんの問いかけに、私は素直に答えた。彼らと一緒に過ごすこの時間は、私にとって一番のまったりかもしれない。

お店は営業中なので、ちょっと後ろめたさはありますが。

私は、テーブル席に座る純黒《じゅんこく》の獅子さんと青色の狼さんに目を向けた。半獣姿の二人は、もくもくとステーキを食べている。

純黒《じゅんこく》の獅子は、シゼさん。どっしりと大きくて、貫禄《かんろく》たっぷり。

青色の狼は、チセさん。シゼさん同様大柄で、大きな口からは鋭い犬歯《けんし》が覗《のぞ》いている。

彼らは、獣人傭兵団の皆さん。まったり喫茶店の常連さんだ。午後は彼ら以外にほとんどお客さんが来ないので、ほぼ貸し切り状態。彼らの「一緒にまったりしよう」という言葉に甘えて、こうして本を開いていたわけだけど……

膝の上のもふもふが気になって、読書に集中できません！

獣人族には、友好の証《あかし》にじゃれる習性がある。ただ、異性とじゃれるとなると、人間の私としてはやっぱり恥ずかしい。だからスキンシップは控えめにしてほしいとお願いして、普段から尻尾や肉球を堪能《たんのう》させてもらっているのだけど——もふもふの誘惑に負けた私は、大人しく本をぱたんと閉じて、そっと尻尾に手を伸ばした。

白くてしなやかな、リュセさんの尻尾。ふわふわでボリュームたっぷりの、セナさんの尻尾。どちらもそれぞれの魅力があって、触り心地も抜群。

しばらく二人の尻尾を堪能《たんのう》していると、テーブル席から声が上がった。

「……お前ら！　いい加減にしろよ！　オレにもじゃれさせろ！」

テーブルをダンダンッと叩いて怒り出したのは、チセさん。ステーキは、すっかり食べ終えたみたい。

そういえば、チセさんとはまだ触れ合っていなかった。ちなみにシゼさんには、以前、滑《なめ》らかな毛並みとぷにぷにの肉球を触らせてもらったことがある。

「じゃあ、チセさんの尻尾をブラシで整えてもいいですか？」

他の三人に比べて、チセさんはとてもワイルド。尻尾もごわごわしていそうだから、かねてより整えたいと思っていた。是非ともブラッシングさせてほしい。

　ワクワクしながら尋ねると、チセさんは言葉を詰まらせた。

「え……嫌だし」

　それから身を縮めて、尻尾を抱えるように隠してしまうチセさん。ブラッシングは、許容範囲外なのですか。残念です。

「させてやれよ、チセ」

　リュセさんがからかうような笑みを向けて言うと、チセさんは毛を逆立《さかだ》てて答える。

「嫌だ！」

「はぁ……昔から言っているよね、チセ。ちゃんと毎日梳《と》かしておけって」

　そう口にしたのは、セナさん。

「し、してるし！」

「嘘だろ」

　セナさんは肩をすくめて、断言する。なんだか親に歯磨きしていないことを見抜かれてしまった子どもみたい。彼らのやりとりがおかしくて、私は口に手を当てて笑いを堪《こら》える。

「なーなー、お嬢。お嬢の好きなタイプってどんな奴ー？」

　不意に、リュセさんが顔を覗《のぞ》き込んできた。明るい青色の目を大きく開いて、にんまりと見つめてくる。

「リュセ……」

セナさんが咎《とが》めるような声を上げる。目を向けてみれば、不機嫌そうな表情をしていた。

一方のリュセさんは、意に介した様子もなく笑っている。

「セナは違うよなー。セナはお嬢とあまり身長も変わんないし。やっぱり、かっこいい男がいいだろ？」

確かに私は少しヒールの高い靴を履いているから、セナさんと目線が近い。だけど――

「背の高い男性は、それだけで魅力的に見えると聞いたことがあります。モテる要素の一つなのでしょう。ですが、私は人柄が素敵なら充分だと思います。セナさんはかっこいいですよ」

先日、風邪を引いた時に、セナさんは私を抱きかかえて部屋まで運び、看病までしてくれた。あの時、とてもかっこよかったもの。

落ち着いていて、優しくて、包容力のある人。

微笑んでそうフォローしたら、二人が固まってしまった。交互にその様子を見つめていると、セナさんがカップに手を伸ばし、ゴクリとラテを飲み込んだ。

「……そう」

セナさんは小さく呟いてから立ち上がり、テーブル席に移動する。その時、シゼさんがステーキを食べ終えていることに気が付いた。

「あ、シゼさん。食後のコーヒーですね」

私はステーキのお皿を下げてから、キッチンに向かう。そしてシンクにお皿を置き、ブラックコーヒーを淹《い》れて店内に戻った。シゼさんは、無言でそれを受け取る。

「オ、オレは？　オレはどうなの？」

リュセさんが立ち上がって詰め寄ってくる。なんの話かわからず、私はきょとんとしてしまった。

リュセさんも、飲みものが欲しいのかしら？

首を傾げていると、しびれを切らしたようにリュセさんが叫んだ。

「ああ、もう！　ローニャお嬢はぶっちゃけ、誰が一番かっこいいと思う⁉」

この中で、一番かっこいいと思う異性は誰か……ということ？

獣人傭兵団の皆さんの視線が、私に集まる。

私は、「ん～」と考えてみた。

獣人傭兵団の中で、一番かっこいいと思う男性。男性として、一番魅力のある人。

女性からは、リュセさんが一番人気だと聞いた。獣人は人間の姿に変身することもできる。リュセさんはモデルのようにスラッとしていて、王子様のようにきらびやかで、女性受けが良さそうだ。もっとも、獣人だとバレた途端に逃げられるみたいだけれど。

生まれつき強大な力を持つ獣人族。彼らはその力ゆえに、人々から恐れられている。

「……店長、前にリュセがタイプだって言ってなかったか？」

少し不貞腐《ふてくさ》れた口調でチセさんが言うと、リュセさんは苛付《いらつ》いた様子で尻尾を振った。

「それは知ってる。オレが聞きたいのは、お嬢が付き合いたいのは誰かってこと！」

ああ、そういう問いかけだったのですね。うーん、交際相手を考えるとなると難しい。

以前、確かに「リュセさんはかっこいい」と言ったことはありますが、あくまでも客観的な意見です。

「……私は失恋したばかりですので、今はまだ次の交際について考えられません。だから、もしもの話でもわかりません」

まだ新しい恋をする心の準備はできていない。恋愛小説を読むのでさえ、避けているもの。

私は、むっすり膨《ふく》れっ面《つら》のリュセさんに向かって言葉を付け加える。

「ですが、皆さんかっこいいと思いますよ」

「んな、お世辞なんかいらねーし」

ご機嫌ななめ。

それにしても、膨《ふく》れっ面《つら》の白猫さん――もといリュセさんは、とても可愛い。不機嫌でも可愛い。あれ、でも可愛いと思っていたら、余計機嫌を悪くしてしまうでしょうか。

ああ、白いもふもふをなでなでしたい。なでなでずれば、機嫌を直してくれる？　機嫌が直れば、ゴロゴロと喉を鳴らしてくれる？

……いえ、完全に猫と認識していては失礼ですね。

その時、ペシッと手にやわらかいものがぶつかった。顔を横に向けると、すぐそばでライオンの尻尾が揺れている。

尻尾の持ち主であるシゼさんは、無言でコーヒーを啜《すす》った。

……今のも、じゃれつきの一種？　寡黙《かもく》な純黒《じゅんこく》の獅子さんまでもが、ちょっかいを出してきた……!?

思わずシゼさんをじっと見つめるも、彼はポーカーフェイスを崩さない。

かっこいいもふもふは、ダントツであなたです！

私が心の中で悶《もだ》えていると、店の中央――カウンター席の前の床に、ぼんやりと光る円が現れた。その円の中から、可愛らしい声を上げつつ、小さな妖精達が飛び出してくる。

「わーわー」

蓮華《れんげ》の妖精、ロト達だ。

二頭身で、頭の形はまるで蓮華《れんげ》の蕾《つぼみ》のよう。ぷっくりとした胴体からは、摘まんで伸ばしたような手足が生えている。肌の色はライトグリーンで、つぶらな瞳の色はペリドット。

店内になだれ込むように登場したロト達は、そのままこてんこてんと転がる。そして私達を、きょとんとした様子で見上げてきた。

しばらくポケーッとしたあと、ハッと驚きの表情を浮かべるロト達。彼らは慌てた様子で、再びこてんこてんと転がり、光の中に帰っていってしまった。

獣人傭兵団の皆さんに、驚いてしまったみたい。

ロト達は人見知りだ。特にチセさんのことは、「マスカットみたいで美味《うま》そう!」と言われて以来、食べられてしまうのではないかと恐れている。

けれどセナさんには慣れてきたようで、彼が良い人だと理解してくれたし、風邪を引いた私の看病を一緒にしてくれた。

ロト達が飛び込んだあとも、光る円は消えずに残ったまま。様子をうかがっていると、円の中から一人のロトがぴょんと出てきた。ロトは素早く床を駆け、セナさんのブーツの陰にシュバッと隠れる。そして横からちょこんと頭を出し、恐るおそるチセさんを見上げた。……やっぱり、チセさんを絶賛警戒中みたい。

「おい、ロト。オレにはバレバレでいいのか？」

ニマニマしながら言うのは、リュセさん。確かに、彼の位置からはロトの姿が丸見えだ。

びくぅんっと震え上がったロトは、リュセさんのことも警戒しつつ私の足元に走ってきて、ぴょこぴょこ飛び跳ねる。私はスカートを押さえて膝をつき、両手でロトをすくい上げた。

すると、すぐそばにセナさんがやってきて、ロトに優しく話しかける。

「ローニャが心配で来たの？　ロト達の薬のおかげで、すっかり回復したよ？」

確かに、ロト達が調合してくれた薬のおかげで、すっかり良くなった。でも今日の用事はそれではないみたい。ロトは小さな手を、必死に振り回している。

何かを伝えたいみたい。短いお手てを一生懸命伸ばして、頭の周りを取り囲むように回して……

そこで、私はぴんときた。

「ああ……オリフェドートが来るのですね？」

「あいっ！」

ロトは頬を桜色に染めて、顔を綻《ほころ》ばせる。どうやら正解だったみたい。

オリフェドートの頭には、王冠に似た枝飾りが付いている。ロトはその特徴を伝えたかったのだろう。

私はロトの頬を優しく撫《な》でて、光の円の中に帰してあげた。

すると、こちらの様子をうかがっていたセナさんが声をかけてくる。

「オリフェドートって……ロトが住んでいる森の主――精霊の名前だよね？」

「ええ、そうです」

以前、シゼさんから精霊の森の名について尋ねられたことがある。一緒に聞いていたセナさんは、その時のことをちゃんと覚えていたみたい。

精霊オリフェドートの森。

「ロトの作った薬から得体の知れない匂いがしてたけど、もしかして精霊のもの？」

セナさんの問いかけに、私は首を傾げる。

「えっと……私の嗅覚ではわかりませんが、薬の原材料になった薬草を摘んでくれたのは、間違いなくオリフェドートです」

精霊オリフェドートからは、いつも木の匂いがする。その匂いを指しているのだろうか。それとも、薬草そのものの匂い？

私が考え込んでいると、リュセさんが楽しそうな様子で声を上げた。

「へぇ、精霊が今から来るんだ？　どんな奴か見てみてぇな」

なんだか会う気満々みたい。

でも、ロト達から獣人傭兵団の皆さんがいることを聞くだろうから、しばらく時間を置いて来るかもしれない。

「店長！　それよりケーキくれ！」

チセさんの注文に、思わず笑みを浮かべる。

「はい、ただいま」

そこでオリフェドートの話は切り上げて、私は本日のおすすめケーキを切り分けるべく、キッチンへ向かったのだった。

2　閑話　元婚約者の誤算。

――時間はしばし遡《さかのぼ》る。エリート達が集《つど》うサンクリザンテ学園から、ローニャがいなくなったあとのこと。

学生寮のシュナイダーの自室で、一人の男子生徒が声を荒らげていた。

「どういうことだ⁉」

ライリー男爵の子息である、ヘンゼル・ライリー。いつもは親しみやすい笑みを浮かべていることの多い彼だが、今はシュナイダーに鋭い視線を向けている。

ヘンゼルはシュナイダーの良き理解者であり、ローニャの数少ない友人の一人であった。

ローニャが学園を飛び出した時、彼は父親の仕事の手伝いで学園を休んでいた。そのため、ローニャがシュナイダーから婚約を破棄されたこと、さらには学園からも去ったことを知ったのは、つい先ほどだ。

「ローニャ嬢がミサノ嬢をいじめただって⁉　そんなことをするわけないだろ⁉」

ヘンゼルが叫ぶたびに、後ろで一つに束《たば》ねた長い金髪がサラサラと揺れる。

そんな彼に対し、シュナイダーは険しい表情で答えた。

「ミサノ嬢だけじゃなく、他の令嬢も彼女の指示だと告白した」

「そんなはずない！」

「しかし、証言者がいるんだぞ」

「ローニャ嬢は⁉　ローニャ嬢は認めたのかい⁉」

「……いや、身に覚えがないと言っていた」

「なら違うに決まってる！　ローニャ嬢が嘘をつくわけないだろ！」

「いいや、彼女は嘘つきだったんだっ‼」

つられてシュナイダーも声を荒らげると、ヘンゼルが目を見開いて驚く。

「な、なんで……なんでローニャ嬢を信じないんだ⁉　君達は愛し合っていたじゃないか！　ローニャ嬢のことを誰よりも知っていて、理解していて、支えていたじゃないか！」

「そのローニャが、オレの信頼を裏切ったんだ！　陰でみっともないことをして、オレに嘘をついた‼」

もう信じられるわけがない、とシュナイダーは怒鳴った。しかしそれに怯《ひる》むことなく、ヘンゼルはシュナイダーに掴みかかる。

「もしも！　万が一にも！　ローニャ嬢が嫉妬《しっと》でミサノ嬢に嫌がらせをしたのだとしても！　君が守るべきは、ローニャ嬢だろ‼　生徒達の前で婚約破棄までするなんて、あまりにもひどいじゃないかっ‼　君の愛は、その程度だったのか⁉　オレだったら……オレだったら、彼女の味方をする‼　愛しているならば、こんな時でも支えるべきだ‼」

目に涙を浮かべて、ヘンゼルはうつむいた。しかし、シュナイダーの腕を掴んでいる手の力は緩まない。

「二人が愛し合っていたから、オレはっ……オレは、ローニャ嬢を……」

か細い声で呟くヘンゼル。その呟きを聞き取れなかったシュナイダーは、親友の顔を覗《のぞ》き込もうとした。

その瞬間、ヘンゼルが勢いよく顔を上げ、危うく頭をぶつけるところだった。

「もうシュナイダーなんて知らない!!」

「えっ、へ、ヘンゼルっ!」

ヘンゼルは捨て台詞《ぜりふ》を残し、部屋から走り去っていった。シュナイダーは一人、ぽつりと呟く。

「……ローニャ本人より、怒ってどうするんだ……」

ローニャは怒りを見せず、涙さえ浮かべずに学園を去った。

「……」

あの時、学園の広間で婚約破棄を言い渡したあと――ローニャは、微笑んで去っていった。それが引っかかり、シュナイダーは表情を曇らせる。

そのまま考え込んでいると、部屋のドアの陰からヘンゼルが顔を出した。シュナイダーは、驚きに目を丸くする。

ヘンゼルはトボトボと近付いてきて、シュナイダーの上着の裾をムギュッと握りしめた。

「……頼む、一緒に探してくれ……」

グスンと鼻を鳴らしながら、ヘンゼルは弱々しく懇願《こんがん》する。

「ローニャ嬢の無事を確認しないと、夜も眠れない……。頼むから、ローニャ嬢を探してくれ」

「わ、わかった。探すから……」

今にも泣き出しそうな友人のために、シュナイダーは頷く。

ローニャの生家であるガヴィーゼラ伯爵家は、王都の東南地区フィオーサンを管理している。その地には、確か——とシュナイダーは記憶を辿る。

「以前、社会勉強の一環として、ローニャはフィオーサンの婦人服店の経営を任されていた。その店の店員達なら、ローニャに恩もあるようだし、家に泊めているかもしれない」

「わかった!!」

「ただ、一番可能性が高いのはローニャの祖父……って、おい!」

シュナイダーの言葉を聞くなり、ヘンゼルは再び飛び出していった。

ローニャは、両親と兄から冷遇されていた。だから彼らを頼ることはまずないだろう。

匿《かくま》っている可能性が一番高いのは、祖父のロナードだ。しかし、それを伝える前にヘンゼルは去ってしまった。

ローニャを探すとヘンゼルに言った以上、何もしないわけにはいかない。シュナイダーはロナードのもとへ行くことにしたのだが——

「……教えてくれるだろうか」

孫の婚約を破棄したシュナイダーに、ロナードが居場所を明かすとは思えない。さほど期待はせず彼のもとへ出向いたところ、結果は予想通り。シュナイダーの要望は丁重に断られ、早々に帰宅を促《うなが》されたのだった。


——それから数日後。

人払いのされた玉座の間に、シュナイダーは立たされていた。

「ローニャの安否は、まだ確認できないのかい？」

「ロナード氏が匿《かくま》っていることは確かだと思います」

「私は確かめろと言っているんだ。シュナイダー、君の目でね」

国王の刺々《とげとげ》しい声が響き渡る。現国王は、シュナイダーの伯父にあたる人物だ。婚約破棄以降、シュナイダーはこの伯父から何度もお叱りの言葉を受けていた。

「まったく……子ども同士の喧嘩で、なぜこんなにも大事《おおごと》にしたんだ。学園から追い出されたローニャが、行方不明になるなんて」

「ローニャに非があります」

「仮に非があったとしても、愛した者にする仕打ちではないだろう！　突然、皆の前で婚約破棄を言い渡すなど！」

温厚な伯父が珍しく声を荒らげ、シュナイダーはびくりと震えた。

「忘れたとは言わせないぞ。初めこそ口約束だった縁談を正式な形にしたいと言ったのは、シュナイダー、お前だ。それから七年も付き合ってきたというのに、ろくに話し合いもせず婚約破棄するなど——身内として恥ずかしい」

シュナイダーは眉根を寄せて、うつむいた。伯父とはいえ、相手はこの国の国王陛下だ。反論は認められないと理解しているため、奥歯を噛《か》みしめるだけにとどめる。

反省の色を見せない甥に、国王はやれやれと首を振って額を押さえた。

「急がないと、他の男に先を越されるぞ」

「……はい？」

「……」

忠告の意味をまったく理解していないシュナイダー。

その様子を見て、国王はさらに呆れた。

「うすうす気付いていたはずだ。彼女に想いを寄せている男は多い。あんなに良い娘を手放すようなバカ男《おとこ》ばかりではないと願いたいね」

「……」

バカ男《おとこ》というレッテルを貼られ、シュナイダーはむすっと顔をしかめる。確かに気付いてはいたが、今はもう関係のない話だ。

一方の国王は、シュナイダーの表情を見て大きなため息をついた。

「シュナイダー。七年もの間、なぜローニャと円満に過ごせたのか、わからないのかい？ 互いに異性が付け入る隙を与えなかったからだ。男女が交際する時には、相手を不安にさせない気遣いが必要なんだ」

国王は、シュナイダーを諭《さと》すようにじっくりと語りかける。

「ローニャがお前以外の異性といる姿を見て、嫉妬《しっと》や不快な感情を抱いたことはあるかい？ ないだろう？ 彼女はガードが固かった。だから他の男達はまともなアプローチもできず、片想いするしかなかった。シュナイダー、ローニャはただお前だけを想っていたんだぞ」

シュナイダーは国王の言葉を聞き、それこそが元凶なのだと口を挟もうとした。しかし、それより早く国王が口を開く。

「それなのに、お前ときたら——元凶はシュナイダー、お前だ」

面食らうシュナイダーに、国王はさらにたたみかけた。

「自分が望んだ結婚が現実になろうとしていた時に、他の令嬢と親しくなった。それが原因じゃないか。なのに彼女ばかりを責め立てて、学園から追い出した。こうなった以上、彼女は家族から見放されてしまう。誰よりもそれを理解していたはずなのに、残酷すぎる仕打ちだと思わないのか？」

鋭い眼差《まなざ》しを向け、突き刺すような口調で言う国王。

シュナイダーはただ、その言葉を浴びるしかない。

「幼い頃からただ一人の相手を決めるというのは、必ずしも良い結果になるとは限らんな。お前より優秀な男に見つけてもらったほうが、彼女も幸せだろう。だが……」

一瞬、国王の視線がシュナイダーから外れる。しかし、その目はまたすぐ甥に向けられた。

「その前に、お前は謝罪をするんだ。誠意を持ってロナード氏のもとに通い、ローニャの居場所を教えてもらえ。いいか、誠意を示すんだ。わかったな？　シュナイダー」

「はい……」

しぶしぶとシュナイダーは頷く。

とそこで、玉座の間の扉が叩かれた。国王が入室を許可すると、一人の少年が現れる。

「失礼いたします、父上。アラジン国の国王陛下ご一行が到着されました」

彼は、国王の息子である。まだ十三歳の少年だが、すっと背筋を伸ばした立ち姿は、堂々としていて幼さを感じさせない。

少年はシュナイダーと目を合わせるなり、非難の表情を浮かべた。

「アラジンの国王も、お前達の結婚を楽しみにしていたというのに……」

玉座から立ち上がった国王は、そう言い捨ててシュナイダーの横を通り過ぎる。そしてふと思い立ったように、振り返った。

「その新しい恋人と、いつ結婚するんだい？」

「婚約を解消したばかりの身です。ゆっくり関係を進めようと話し合いました」

「ふぅん、そうかい」

国王はさほど興味もなさそうにそう言って、広間をあとにする。

しばらくその場に立ち尽くしていたシュナイダーだが、やがて王城の近衛から退室を促《うなが》される。玉座の間を出た彼は、乱暴な足取りで廊下を突き進んだ。

——近しい者ほど、シュナイダーを責める。納得がいかない。

「なんなんだっ……！　皆して、ローニャの味方をしてっ……悪者はローニャのはずなのにっ、くそっ！」

学園では、すべてローニャが悪いのだと多くの生徒達が認めている。それなのに、なぜ近しい者ほどそれを信じてくれないのか。

胸元をぎゅっと握り、乱れる心をなんとか鎮《しず》めようとする。

すべてはローニャが悪い。そう、彼女が諸悪の根源なのだ。

しかし、脳裏に浮かぶのは、ローニャの最後の言葉。

――……幸せになってください。

微笑みながら告げられた言葉に、シュナイダーの心はひどく乱された。

荒々しい足取りで王城をあとにしたシュナイダーは、そのまま学園の自室へ向かった。

そして苛立《いらだ》ちをぶつけるように、自分の部屋のドアを勢いよく押し開けると、そこにはヘンゼルに加えて、予想外の者の姿があった。

王城からの使者がシュナイダーを訪ねてきた時、この部屋にはヘンゼルが来ていた。

そこでヘンゼルに留守番を頼み、シュナイダーは王城へ向かったのだ。

ヘンゼルはこちらに背を向ける形で立っており、シュナイダーを振り返ろうともしない。そして彼のそばに置かれたチェアには、純白の翼を床に垂らし、腰かけている者がいた。

「幻獣《げんじゅう》ラクレイン……ああ、手紙を届けに来たのか」

なぜここにいるのか問おうとして、ヘンゼルが手紙を読んでいることに気が付いた。

ラクレインは、ローニャと契約している幻獣だ。彼女の頼みを聞き、手紙を届けに来たのだろう。

「……幻獣ラクレイン、ローニャの居場所を知っているな？」

逸《はや》る気持ちを抑えつつ尋ねると、ラクレインはぐったりした様子で答えた。

「少し待て。レクシーに追い回された。羽を休ませてもらうぞ」

その名を聞いて、シュナイダーは顔をしかめる。

現王妃の姪にあたるレクシーは、ローニャの友人の一人である。しかし、シュナイダーはレクシーが苦手だった。

彼女は今、他国に滞在している。おそらくラクレインは、幻獣の力で彼女のもとにも手紙を届けてきたのだろう。

気を取り直してラクレインに目を向けると、その肩に妖精ロトの姿を見つけた。二人のロトは、ラクレインの肩を揉もうとしているようで、可愛らしく奮闘していた。

「やぁ、妖精諸君。ローニャの居場所を教えてくれないだろうか？」

シュナイダーとヘンゼルは、かつてローニャからロト達を紹介され、長い時間をかけて彼らと仲良くなった。人見知りでも心優しい妖精ならば、素直に教えてくれるはず。

しかし、きょとんとした表情でシュナイダーを見上げたロト達は、「んーっ」とプルプル震えた。そして「めっ！」と小さな手を交差する。これは、拒否のサインだ。

目を丸くするシュナイダーに向かって、ロト達は再び「んーっ！」と力《りき》み、「めっ！」と甲高《かんだか》い声を上げて交差した手を突き付ける。……断固拒否だ。

「あー……じゃあ、お菓子をあげよう」

甘いものが好きだったことを思い出し、シュナイダーは粘った。

だがロト達は買収されるものかと言わんばかりに、両手をパタパタと振り回して「めっ!!」と声を張り上げる。怒り心頭の様子だ。

シュナイダーは、笑みを引きつらせた。妖精にまで、悪者だと思われているらしい。

「無駄だぞ。貴様に手を貸す気は毛頭ない」

ラクレインはにやりと笑みを浮かべて、言葉を続ける。

「自分宛ての手紙がないことで、察しがつくだろ。ローニャは貴様と縁を切った。否《いな》、貴様が切ったんだ。それなのにローニャを探しているとは、身勝手にもほどがある」

シュナイダーは眉間《みけん》に皺《しわ》を寄せた。ラクレインにはもともと好かれていなかったが、より嫌われたようだ。

とその時、手紙を読み終えたヘンゼルが、ラクレインに目を向けた。

「オレからもお願いします、幻獣ラクレイン。ローニャ嬢の居場所を教えてくださいっ！」

「ヘンゼル、お前は悪い人間ではないが、ローニャの友である前に、こやつの友だ。教えん」

「シュナイダーには言わないからっ！」

ラクレインはぺしっと翼を振り、食い下がるヘンゼルを拒んだ。

「おい、ヘンゼル」

シュナイダーはヘンゼルの肩を掴んで尋ねる。

「手紙に書いてなかったのか？」

「書いてない……ただ、無事で、元気にやっていると……。オレ達に気を遣っている手紙だ！　心配かけまいとして、本当は助けを求めてるんじゃないか!?　心細い思いをしてるんじゃないか!?　夜、泣いてるんじゃないか!?」

取り乱したヘンゼルは、涙目でシュナイダーの胸ぐらを掴む。

「オレに掴みかかるなっ！」

「安心しろ。手紙通り、元気だ。次の連絡を大人しく待て」

ラクレインは淡々と告げると、腰を上げた。ロト達はラクレインの首元にしがみつく。

シュナイダーとヘンゼルはラクレインを引き止めようとしたが、強い風が吹き荒れ、無数の羽根が舞い上がった。

「警告しておくぞ」

ラクレインは窓枠に足をかけ、シュナイダーに目を向ける。

「貴様とあの冷血な兄が、ローニャをまた傷付けたなら——八つ裂きにしてくれる」

部屋中を舞う羽根が視界を遮《さえぎ》る中、幻獣は鋭利な牙《きば》を剥《む》き出しにしてそう告げた。

やがて幻獣は窓の外へ飛び去り、吸い込まれるように羽根が彼のあとを付いていく。

すべての羽根が窓の外に出ると、窓は静かに閉まった。

ぽかんとしていたシュナイダーだが、次第に怒りの感情が湧いてきた。

「……彼と一緒にされるなんて……」

ローニャの冷血な兄と同等と見なされたことに、屈辱を感じた。

「シュナイダー!!」

「うおっ!?」

ヘンゼルが泣き付いてきたため、シュナイダーは必死に彼をあやす。

その後、二人一緒にロナードのもとを改めて訪ねたが、丁寧に門前払いされ、ローニャの居場所を知ることはできなかった。

――それからも、シュナイダーはローニャの居場所を探し続けた。しかし、彼女は一向に見つからない。

一方のローニャは、その頃、本当の意味での気持ちの整理を終えていた。心の底からシュナイダーに別れを告げ、前に進もうと決意したのだ。

しかし、そんなことなど知る由《よし》もないシュナイダーは、このところ、ローニャのことばかり考えていた。彼女を探していると、かつての記憶が蘇《よみがえ》ってくる。

その日も、シュナイダーは幼い頃の約束を思い出していた。

遠い目をしていると、一緒に過ごしていたミサノがどうしたのかと問いかけてくる。

シュナイダーは思わず、ローニャとの思い出を口にしてしまった。

狩りに連れていった際、狩った動物の肉で料理をしたいから、捌《さば》き方を教えてほしいと頼まれたこと。使用人とのある出来事がきっかけで、ローニャ自《みずか》らコーヒーを淹《い》れるようになったこと。加えてお菓子作りもするようになったこと。

そして近い将来、家族となり、彼女を守ると約束したこと。

ほとんどのろけだった。懐かしみながら、愛おしさと同時に悲しみの感情が湧いてくる。

やがて話し終えた時、ミサノがうつむいていることに気が付いた。

「あ、すまない、ミサノ……」

「……いいの。シュナイダーと彼女の時間は消せませんわ。けれど、負けません」

謝るシュナイダーに、ミサノは顔を上げて勝ち気な笑みを見せた。

「シュナイダーに甘えきって依存していた彼女より、私は深くあなたを愛せます」

自信に満ちた様子で胸を張るミサノに、シュナイダーは力なく笑みを返す。

「……依存か。ローニャを守ることがオレの使命だと思っていたんだが……まさか、彼女が嫉妬《しっと》で他人を傷付けるなんて。本当にすまなかった」

嫉妬《しっと》の末に、ミサノを攻撃したというローニャ。

シュナイダーは心からの謝罪を伝えるべく、ミサノの手を握った。

ミサノもシュナイダーの手を握り返し、眩《まぶ》しそうな表情で彼を見つめる。

「悪いのは、甘えすぎていたローニャ嬢よ。あなたに甘えて、あなたのことを縛り付けていた」

「別に縛られていたわけではない……単純に、彼女にとってオレだけが支えだったんだ」

「それこそが甘えだわ。同情を引いて、あなたを縛り付けていたのよ」

「……君は手厳しいな」

シュナイダーは、ローニャの家族が冷血であることをミサノに伝えたかったが、仮に理解してもらったところでさほど意味はないと考え直し、諦めた。

「しかし、君は自立していて美しい」

シュナイダーが笑いかけると、ミサノは胸を張って誇らしげに微笑んだ。

「当然ですわ」

とその時、ドアが勢いよく開いて一人の令嬢が現れた。

彼女の名は、レクシー・ベケット。現王妃の実家であるベケット伯爵家の令嬢で、王妃の姪にあたる少女だ。

艶《つや》やかな白金の髪は、毛先を軽くカールさせてツインテールにしている。同年代の少女より小柄で可憐な容姿だが、切り揃えられた前髪の下にあるのは、意志の強そうな、やや吊り上がった目。今、その瞳には怒りが宿り、シュナイダーを鋭く見据えていた。

「レクシー⁉ もう帰国したのか？ 聞いていなかったが……」

驚くシュナイダーに言葉を返すこともなく、レクシーはヒールの高い靴をカツカツと鳴らして近付いてくる。

「ま、待って！ レクシー嬢」

その時、青ざめた顔のヘンゼルが部屋に飛び込んできたが、間に合わなかった。

パンッッッ‼

レクシーの振り上げた掌《てのひら》がシュナイダーの頬を叩き、鋭い音が響いた。その平手打ちは強烈で、シュナイダーはよろけてしまう。

「このッ……バカ男《おとこ》!!」

続いて、レクシーは罵声《ばせい》を浴びせた。

「婚約破棄だけでもひどい仕打ちなのに、公衆の面前で晒《さら》し者にするなんて……なんてことをしたのよ！　このバカ男《おとこ》!!　あの子がどれだけあなたのために耐えてきたと思っているの!?　知らないとは言わせないわよ！　あの最低な冷血一家から逃がすためなら、なんだってしてあげたのに……あの子は、あなたのためにあの家に留まっていたのよ！　あなたのために耐えたのよ！　あなたの妻になるために努力してきたのよ！　あなただけを愛していたのよ！　あなたが守るって約束したから、あの子は貴族の生活を続けていたの！　それなのに……」

レクシーの水色の瞳に、涙が浮かぶ。けれど目に力を込めて泣くのを堪《こら》えたレクシーは、再び手を振り上げた。

「この大バカ男《おとこ》ぉぉ!!」

「レクシー嬢！」

しかし、今度はヘンゼルがその手を掴み、平手打ちは阻止された。

そして次の瞬間、レクシーの前にミサノが立ちはだかる。シュナイダーに手出しはさせないと言わんばかりに、険しい表情を浮かべている。

レクシーはミサノを睨《にら》みながら、シュナイダーを罵《ののし》った。

「こんな女に唆《そそのか》されて、公衆の面前で婚約破棄をするなんて本当にバカな男っ！」

「ローニャ嬢が先にしかけたこと、当然の報いですわ」

シュナイダーにかわって口を開いたミサノに、レクシーは眉を吊り上げる。

「ローニャがしかけた？　嘘言わないで。ローニャから誰かに攻撃するなんてありえないわ！」

「ならば、あなたも猫被りのローニャ嬢に騙《だま》されていたのね」

「騙《だま》しているのは、そっちでしょう。ローニャを目の敵《かたき》にして、彼女の婚約者に言い寄るなんて、見境なしのふしだらよ！　このドロボウ猫!!」

「なんですって!?　私とシュナイダーは惹かれ合ったのよ！　誑《たぶら》かしたように言われる筋合いはないわ！」

「どんなに正当化しても、誘惑して奪い取ったことには変わりないじゃない！　ローニャを悪者にして、自分達が正しいと思い込んで、のぼせているだけよ！　目を覚ましなさいゲス男《おとこ》！」

最後はシュナイダーに向かって噛《か》み付くレクシー。するとミサノもまた眉を吊り上げて叫んだ。

「シュナイダーをそれ以上罵《ののし》るなら、許さないわよ！」

「かかってきなさいよ！　ローニャは仕返しなんてしないだろうから、わたくしが相手よ！　決闘なさい‼」

レクシーとミサノは、バチバチと火花を散らす。今にも魔法を発動させて暴れ出してしまいそうな雰囲気だ。そんな二人を、ヘンゼルとシュナイダーが慌てて止める。

「離しなさい、ヘンゼル！　あの子を傷付けた報いを受けさせてやるわ！」

「レクシー嬢！　そんなことはあとにしてくれ！　それよりも、ローニャ嬢を一緒に探そう！　オレはロナード氏と面識がなかったせいか、いくら居場所を尋ねても教えてもらえないんだ。シュナイダーも、真剣に取り組んでくれないし……」

ヘンゼルはシュナイダーにちらりと目を向ける。そして「ミサノ嬢とのデートの片手間に探すような真似はせず、誠意を持ってロナード氏のもとを訪ねれば、居場所を教えてもらえたかもしれないのに」と呟いた。

「でも、レクシー嬢なら教えてもらえると思うんだ。頼む、一緒に来てくれ。ローニャ嬢の無事をこの目で確認したいだろう？」

ヘンゼルの必死の説得に、レクシーは暴れるのをやめた。

「……あの子に何かあったら、ただじゃ済まさないんだから」

ギッと涙目でミサノを睨《にら》み付けると、レクシーは踵《きびす》を返し部屋を出ていく。ヘンゼルも、彼女のあとに続いた。

「……すまない、ミサノ。レクシーは、昔から癇癪《かんしゃく》を起こすと手が付けられなくて……」

「シュナイダーが謝ることではないわ」

「もう一つ、すまない。オレも行かないと」

「え……なぜ？」

「ローニャを見つけないといけない。ヘンゼルと約束したんだ。それに……ローニャとの約束を破ったことも事実だ。だから、もう一度会わないと」

シュナイダーは、ミサノを見つめて許可を待つ。彼女はほんの少し渋ったが、やがて首を縦に振った。それを見て、シュナイダーは安堵の息を吐く。

「この埋め合わせは必ずする。学園まで送れなくて申し訳ない」

「魔法で帰れるわ。行って」

笑みを浮かべてシュナイダーを見送ったあと、ミサノは一人残された部屋で顔を曇らせる。

「……なぜ、またあの子に敗北したように感じるのよ……」

胸を押さえながら小さく呟き、何かを考え込むミサノ。彼女はやがて、音もなく姿を消し、部屋をあとにしたのだった。

──一方、シュナイダー達は同じ馬車に乗り込み、ロナードのもとへ向かっていた。

当然、空気はギスギスしている。

「いい加減にしてくれ、レクシー！　オレを見くびるな！　嘘をつかれれば、それくらい見抜ける！　ミサノは嘘をついていない！」

「だったら、あのミサノ嬢がはなはだしい勘違いをしているのよ！」

向かい合って座るシュナイダーとレクシーだが、二人の口論は止まらない。

レクシーの左右に座る護衛は涼しい顔をして、眉一つ動かさない。だが、シュナイダーの隣に座るヘンゼルは、居心地悪く二人の様子を眺めていた。

「婚約までしておきながら、他の女に付け入る隙を与えるなんて、何を考えているの。まったく信じられないわ」

「なぜオレが悪いように言うんだ！　ローニャがオレを失望させたから、気持ちがなくなったんだ！」

「それこそ勘違いよ！　こんな目に遭《あ》わされて、ローニャのほうは絶望したに決まってる！　自分を目の敵《かたき》にしている女と、生涯連れ添うはずだった男がくっつくなんて……どんなに……傷付いたか……」

ローニャの痛みを想像し、レクシーは身体を震わせた。そして涙を堪《こら》えつつ、足を振り上げてシュナイダーに狙いを定める。

ギョッとしたシュナイダーだが、護衛二人がレクシーの膝を押さえ付けて止めた。

「離しなさい！　一発蹴り飛ばしてやらないと、気が済まないわ！　この男は、ローニャを公開処刑したのよ！　そもそも、どうしてあんな真似をしたの⁉」

「それは……」

「あの女に唆《そそのか》されたのでしょう⁉　ローニャが邪魔だから、排除しようとしたのよ！　別れを切り出すにしても、穏便に話し合いをするとか……他にも方法が……」

そこで、レクシーは口ごもる。そして何かを考え込み、小さな声で呟いた。

「……ローニャは、あなた達のために身を引いた？」

疑問形ではあったが、誰かに向けられた言葉ではない。レクシーは、自分の考えを整理するように言葉を続けた。

「だからあんな手紙が……？」

「レクシー？　なんの話だ？」

一人頷きながら呟くレクシーに、シュナイダーは問いかける。しかしレクシーはその問いに答えず、ギンッとシュナイダーを睨《にら》んだ。

「……なんであれ、わたくしは許さないわ！」

その言葉を最後に、馬車には重苦しい沈黙が広がった。そのまま誰も口を開くことなく、馬車はロナードの家に到着した。

ローニャの祖父ロナードは、三人を丁寧に迎えた。特にレクシーには、久しぶりだと温かい笑みを向けてくれたが、ローニャの居場所を尋ねると、彼はゆっくり首を横に振った。そしてローニャのためにも居場所を教えることはできないと述べた。

静かに閉められた扉の前で、レクシーはショックのあまり放心する。自分にまでそのような対応をされるとは、微塵《みじん》も思っていなかったのだ。

やがてレクシーは険しい表情を浮かべ、シュナイダーに平手打ちをしようとする。ヘンゼルが慌ててそれを止めた。

「あなたのせいよ！　シュナイダー!!」

「そうだ！　シュナイダーのせいだ！」

「なら止めないで、ヘンゼル!!」

「でも、暴力はやめよう！」

ヘンゼルは、金切り声を上げるレクシーをなんとか宥《なだ》める。レクシーは落ち着きを取り戻したところで、決意したように呟いた。

「こうなったら……精霊オリフェドートに、会いに行くしかないわ。彼なら、ローニャの居場所を知っているはずだもの」

「それは無理だよ、レクシー嬢。あの森は、オリフェドートから許可をもらった人間じゃないと入れないだろう?」

精霊オリフェドートの森に入る許可を得ている人間は、二人しかいない。一人はローニャ、もう一人は――

「グレイティア様に頼むのよ。そもそも、最初にオリフェドートと契約を結んだのは彼だもの。オリフェドートだって、グレイティア様から頼まれたらローニャの居場所を話してくれるかもしれないわ」

魔導師グレイティア。

ローニャの兄と同学年の彼は、首席でサンクリザンテ学園を卒業した。その魔法の腕を見込まれて、今は魔導師として城に仕えている。

「あー……それなら、もうオレが聞いたんだ……精霊は、グレイティア様にも教えてくれなかったそうだ」

ヘンゼルは気まずげな様子で言う。その言葉に、シュナイダーも続けた。

「教えてくれていたら、とっくに国王陛下も知っているさ」

「……なら、オリフェドートの森へ連れていってもらいましょう。直接頼むわ」

「いや……オレも同じことを頼もうとしたんだが……彼、昨日から休みをもらっていて、あと数日は帰ってこないらしい」

ヘンゼルからもたらされた情報に、レクシーが固まる。ヘンゼルは慌てて、彼女を宥《なだ》めようとした。

「彼、激務が続いていて、やっと長い休みをもらえたらしいんだ。これぱっかりは、ね？　仕方ないよ」

しかし——

「暗殺してやるシュナイダーーーー!!」

「なんて物騒なことを言うんだ！　落ち着いて、レクシー嬢!!」

ヘンゼルの努力もむなしく、レクシーの怒りは再び爆発してしまったのだった。

第2章 ❖ 精霊と魔導師。

1 精霊の森。

食後のケーキやコーヒーをそれぞれ楽しまれていた、獣人傭兵団の皆さん。その様子を微笑ましく眺めていた私だけれど、突然、皆さんに緊張感が走り、空気がピンと張りつめた。

目を見開き、純白の耳を逆立《さかだ》てているリュセさん。長い尻尾はピンと立ち、ボワッと膨《ふく》らんでいる。怒っているというより、警戒している様子だ。

チセさんは鋭利な牙《きば》を剥《む》き出しにし、怖い顔になっている。シゼさんも、琥珀色《こはくいろ》の目を鋭く細め、窓を睨《にら》んでいた。セナさんは他の三人ほどピリピリした空気を出していないものの、目線を素早く動かして周囲を警戒している。

その時、グルル……という低い唸《うな》り声が聞こえた。誰のものかは定かじゃないけれど、全員が臨戦態勢になっているみたい。

一体、どうしたんだろう。

ぴりぴりした皆さんの空気に困惑していると、リュセさんが目にもとまらない速さで店を飛び出した。ドアのベルが揺れて、カランカランカランと三回鳴る。

それからすぐにリュセさんは戻ってきて、いつもの口調でこう言った。

「お嬢。得体の知れない匂いがする、このあっやしーい奴、知ってるー？」

そして、リュセさんが勢いよく店の床に突き倒したのは――

「何をする！　無礼者め！」

「あ？　こそこそ覗《のぞ》いてるほうが無礼だろうが」

どうやら、彼の気配を感じて皆さんは身構えていたらしい。慌てて説明しようとするけれど、私が口を開く前にチセさんが物騒なことを言い出す。

「店長に付きまとってるなら、ボコボコにしてやろうか？」

「ま、待ってください！　チセさんもリュセさんも！」

私は床に倒れ込んだ彼に、そっと手を差し出した。

「大丈夫ですか？」

私の手を取ったのは、枝そっくりのしなやかな指を持つ手だ。その手は若々しい緑色をしていて、しっとりと冷たい。

彼は、ゆっくりと立ち上がった。二メートルを超える長身で、頭には鹿の角に似た立派な白い枝の飾りが付いており、大きな王冠を被っているようにも見える。長い髪は蔦《つた》色《いろ》に艶《つや》めき、瞳は美しいペリドット色。

それまで不機嫌そうに顔をしかめていた彼は、ぱぁっと笑みを咲かせた。

「我が友よ！」

その瞬間、瑞々《みずみず》しい森の香りがあたりに満ちた。

「我が友こそ、大丈夫なのか？　体調を崩していたのだろう？　薬を飲んだとはいえ、もうしばらく休めばよいではないか」

「いえ、おかげさまで治りました。薬草をロト達に持たせてくださって、ありがとうございました」

「我が友のためなら、構わん！　……だが、病み上がりの中、こんなに無礼な客の相手をしていて、本当に大丈夫なのか？」

彼は、咎《とが》めるような視線を獣人傭兵団の皆さんに向ける。するとリュセさんもチセさんも喧嘩腰になり、「あぁん？」と凄《すご》んだ。

「誰だよ、お嬢！　コイツ！」

そう問いかけながら、尻尾を乱暴に振り回すリュセさん。他の三人も、険しい表情で彼を見つめている。私は苦笑しつつ、リュセさんの疑問に答えた。

「妖精ロト達が住む森の主――精霊オリフェドートです」

そう、彼こそが精霊の森の主。緑を守り、豊かにする者。彼の力が及ぶ場所では、必ず植物が芽吹く。カラカラの砂漠にだって、森を作り出せる偉大な精霊なのだ。

先ほどリュセさんは、オリフェドートから得体の知れない匂いがすると言っていた。私にとっては瑞々《みずみず》しい、清らかな森の香りに感じられるけれど、獣人達の嗅覚ではそう感じるのかもしれない。

私の言葉に、リュセさんは驚いた様子で呟く。

「こいつが、精霊……？　案外普通なんだな。もっとデカいのを想像していた」

「今は、人間に合わせた姿になっているんです」

「え？　これで変身してんの？　ぶはっ！　下手くそ！」

リュセさんは、お腹を押さえて笑い出す。

だけど、これは仕方のないこと。獣人は、生まれつき変身能力を持っている。二足歩行の獣人、獣と人の特徴をあわせ持つ半獣、そして人間の姿に変身することができる。

けれど精霊や幻獣は、彼らのようにはいかないのだ。

精霊オリフェドートは、険しい表情で口を開いた。

「粗暴な獣風情《けものふぜい》め。こんな客を相手にしていて、本当に大丈夫なのか!? 我が友よ！」

すると、リュセさんがすかさず声を荒らげる。

「なんだと、この精霊野郎が！」

「精霊を敬《うやま》わぬか！」

「オレが敬《うやま》うのは、ボスだけだ！」

「これだから獣は好かん！」

オリフェドートはそう言って嘆く。

ボスというのは、獣人傭兵団のリーダーであるシゼさんのこと。

――シゼは僕達の兄であり、父であり、王なんだ。

以前、セナさんがそう言っていた。きっとリュセさんも、心からの尊敬を向けているのはシゼさん一人なのでしょう。

「こんな粗暴な傭兵団が常連だなんて、やはり心配だ。店をたたみ、我の森に住もう。な？」

すがりつくように誘ってくるオリフェドートに、苦笑を漏《も》らしながら答える。

「まったく乱暴ではないですよ。今のところ、お店をたたむつもりはありません。ただ、もし兄に見つかってしまった時にはお願いします」

私とオリフェドートのそんなやりとりを聞き、シゼさんは目元を和らげた。オリフェ

ドートの正体がわかり、警戒を解いたらしい。そのまま腕を組んでソファに背を預け、ゆっくりと目を閉じる。どうやらお昼寝をする気のようだ。

一方、チセさんはまだ警戒していて、身体を丸めながらオリフェドートを睨《にら》んでいる。

セナさんのほうは、興味津々《きょうみしんしん》にこちらを眺めていた。まるで観察するような目付きだ。

「……随分《ずいぶん》その精霊と親しいようだけれど、どういう関係なの？」

セナさんにそう問われて、焦りが走る。

「ロト達と仲が良いのも、不思議だったけど……妖精や精霊とこんなに親しいなんて、ただごとじゃないよね？」

……セナさんがものすごく怪しんでいる。

獣人傭兵団の皆さんには、私が貴族の令嬢だったことを内緒にしている。すなわち、ロト達と契約を結んでいることも話していない。妖精や精霊と魔法契約を結ぶとなると、それなりに高度な魔法の習得が必要となる。それらの魔法が学べるのは、貴族が通うような学園くらいなのだ。

なんて答えるべきだろう。

思わず考え込んでいると、オリフェドートがあっさり答えてしまった。

「我が友のローニャとは、魔法契約を結んでいる仲だ」

ちょ、オリフェドート！　私が貴族の令嬢だったとバレるのは困ります！

内心慌てふためきつつ、セナさんの様子をうかがう。けれど、その表情から彼の心情は読み取れなかった。

とその時、リュセさんが不思議そうな表情を浮かべて首を傾げる。

「魔法契約って何？」

「ローニャが求めれば我が力を貸し、我が求めればローニャが力を貸す。魔法で結び付けた契約だ。いわば我々の友情の証《あかし》だな」

胸を張ってそう答える、オリフェドート。

そんな言い方をしてしまったら、私が精霊を助けられるほどの力を持っていると思われかねない。

私は、なるべく平静を装《よそお》って補足した。

「……とはいえ、オリフェドートはとても些細《ささい》な頼みごとしかしないので、私が助けられてばかりいます。そもそも偉大な植物の精霊と契約を結ぶことができたのは、グレイティア様という、とてもとても腕の良い魔導師のおかげなのです」

「魔導師？　……ああ、なるほど。君の魔法の腕が良いのも、その人のおかげってことか」

グレイティア様の名前を出すと、セナさんは納得したように頷いた。優秀な魔法の使い手の多くは、魔導師となる。どうやらセナさんは、グレイティア様が私の師匠的な存在だと勘違いしたみたい。

「……はい。彼には、たくさんのことを教えていただきました」

あながち嘘でもないから、そういうことにしておく。

グレイティア・アメジスト。

兄の同級生であり、エリート達の集《つど》うサンクリザンテ学園において学年一位を独走し続け、歴代最高の成績で学園を卒業した人。その後は城に仕え、最高位の魔導師になるのも時間の問題だ。

グレイティア様は卒業後も学園に足を運び、特別授業を行《おこな》ってくれていた。城仕えの多忙な身でありながら、わからないことを尋ねれば、わかるまで教えてくれた親切な先輩だった。

正直なところ、彼からは良く思われていないと勘違いしていた。兄が彼のことを目の敵《かたき》にしていたから。一方のグレイティア様も、兄同様、私が彼のことを嫌っていると思っていたみたい。

互いに誤解していたことが判明した瞬間、私達は顔を見合わせて笑ってしまった。それからあっという間に打ち解けて、魔法契約の試験が始まると、精霊オリフェドートの森へ連れていってくれた。

ちなみに魔法契約の試験というのは、サンクリザンテ学園が大昔から行《おこな》っている試験の一つ。

この世界には精霊や聖獣、幻獣、妖精がいる。彼らは人間に『頼みごと』をしてきて、それを叶えると力を貸してくれる。頼みごとの内容はさまざまだ。

彼らと契約すると、力を貸してほしいとこちらからお願いできるようになるし、逆に彼らの頼みごとを叶える場合もある。

魔法契約の試験が始まると、生徒達は精霊のもとへ向かう。精霊の中には、貢ぎものさえすれば契約をしてくれる者もいるので、思いのほか簡単に魔法契約を結ぶことができる。そして試験が終わると、ほとんどの生徒はその契約を破棄してしまうのだ。一度契約をすると、精霊達は気ままに頼みごとをしてくる。何かと忙しい貴族達は、それを煩《わずら》わしく思うようだ。

寛大な精霊達は、身勝手な人間達を意にも介さないが、私は敬意が足りなすぎると思う。

精霊達と魔法契約を結ぶ以上、きちんと誠意を示し、認めてもらい、その後も責任を持って関係を築いていくべきだ。

精霊達の中には、オリフェドートのように、人間への信頼をすっかりなくしてしまった者もいる。試験に合格するためだけに契約を結び、試験が終われば契約を破棄する――そんなことを繰り返してきたのだから、当然だ。

グレイティア様は、何日も何日もオリフェドートのもとに通って誠意を認めてもらったそうだ。だから私も彼のもとに幾度も通い、やがて信頼を得て契約してもらうことができた。

そして今も、彼らとの契約を維持している。オリフェドートをはじめ、森の住人達にはたくさん助けてもらっているもの。これからもずっと、彼らには誠意を示し続けるつもりだ。

「そうだ、我が友よ。体調に問題がないのなら、頼みごとを引き受けてほしい。至急、我が森に来てくれぬか？」

オリフェドートが、にこりと私に笑いかける。私は、もちろん頷いた。

「はい。ただ、もう少し待っていただけますか？　獣人傭兵団の皆さんがお帰りになるまで――」

今は、まったり喫茶店の営業時間内。せっかく来てくださった皆さんを追い出すわけにはいかない。

だからそう答えたのだけれど――

「何をするのか知らないけど、オレも行くー」

「僕も行くよ。オリフェドートの森、見てみたい」

リュセさんもセナさんも、付いてくると言い出した。すると、オリフェドートが眉間《みけん》に皺《しわ》を寄せる。

「なっ……それでは、我の計画が……」

「あ？　なんだよ？　オレ達が行っちゃいけない理由でもあるのか？」

リュセさんにからまれ、ますます表情が険しくなるオリフェドート。

でも、できれば彼らを同行させてほしい。とても美しい森だから、是非とも見てほしいのだ。

「皆さんも一緒に……駄目ですか？」

「ほら、お嬢もこう言ってるだろー？」

「……許可してやる。だが、態度を改めんか、貴様」

しぶしぶではあるものの、許可を出してくれたオリフェドート。私は満面の笑みを浮かべた。

「チセさんとシゼさんは？　行きませんか？」

いまだにこちらを睨《にら》んでいるチセさんと、ソファに身を沈めているシゼさん。

チセさんは、目を閉じたままのシゼさんの様子をうかがいつつ、「……ボスと留守番しといてやるよ」とぶっきらぼうに答えた。

……シゼさんが来るなら、チセさんも来てくれそう。だけど、シゼさんはお昼寝を堪《たん》能《のう》したいみたいだ。

私は少し考え込みつつ、こんな提案をしてみた。

「あの、シゼさん。お昼寝をするなら、オリフェドートの森におすすめの場所がありま す。ぽかぽかの日向《ひなた》で、ベッドよりもふかふかした草原なんです。そこで眠ると、とっても気持ちが良いですよ」

すると、シゼさんがゆっくりと目を開けた。そして、ソファから腰を上げる。

次の瞬間、チセさんはパッと目を輝かせて、ブンブンと青い尻尾を振った。お散歩に連れていってもらえるのを喜ぶ犬みたい。

ふふ、チセさんもオリフェドートの森に行きたかったんですね。

「……なぜこうなる」

そう呟いたオリフェドートに、私は首を傾げながら尋ねる。

「何か、問題が？」

「……いや、まったくない」

しぶしぶといった様子のオリフェドートだけれど、獣人傭兵団の皆さんを拒絶するつもりはないみたい。精霊の森には、以前、レクシー達を連れていったこともあるしね。

「好きにするがいい。だが、我が森を荒らすような真似をしたら、容赦はせんぞ」

ギラリと瞳を光らせて、オリフェドートは警告する。

人間ならば、畏怖《いふ》の念を抱かずにはいられない精霊の警告。だけど、皆さんは顔色一つ変えず、いつも通り。恐れ知らずのもふもふ傭兵団だ。

オリフェドートが腕を広げて大きく回すと、白い羽織《はおり》が無数の蝶《ちょう》に姿を変えて舞い上がった。その白い蝶《ちょう》達は店のドアの前に集まり、光の柱となる。

これは移動魔法の一種で、ここをくぐればオリフェドートの森へ行ける。

オリフェドートは、一足先にその光の柱をくぐっていった。

私も店内を軽く片付けて戸締まりをし、光の柱へ向かおうとする。だけど、背後から手首を掴まれ止められてしまった。私を引きとめたのは、緑のもふもふの手――セナさんだ。

「本当に行くの？　オリフェドートの森――そこには、人嫌いの幻獣がいるって聞いたことがある。森の主と契約しているとはいえ、大丈夫なの？」

そんなことまで知っているなんて。私は、驚きに目を見開いた。

……なるほど。セナさんが同行を申し出てくれたのは、私を心配してのことだったんですね。

私は、彼を安心させるべく笑みを浮かべる。

「その幻獣の名前は、ラクレインです。確かに彼は人嫌いなのですが、怪我をしているところを助けて以来、私には心を開いてくれています」

幻獣は、よほどのことがない限り、人には懐かないという。だけど私は、怪我をしたラクレインを助けたことで、あっさり契約を結ぶことができた。

もっとも、ラクレインは私と契約を結んだ今でも人間嫌いで、特に貴族を忌み嫌っている。

「お嬢は、猛獣を手なずける天才なの？」

「えっ」

リュセさんがそんなことを言うものだから、返答に困ってしまう。猛獣というのは……自分達のことも含めているのでしょうか。

「なぁ、行くならさっさと行こうぜ？　……ところで幻獣って強いのか？」

「……暴れてはだめですよ？　チセさん」

「つーか、これ安全なのかよ？　くぐってみれば、別の場所に繋がってるとかいう魔法

「なんだろ？」

　頭に何かがのしかかり、チセさんの声がやけに近くから聞こえる。どうやら彼は、私の頭に顎《あご》を乗せているようだ。大型犬にじゃれつかれた気分。もふもふしてもいいですか？

　胸をときめかせた次の瞬間、チセさんはリュセさんによってどかされた。かわりに、リュセさんが私の肩に腕を回し、もふもふの顔で頬擦りをしてくる。

　ふわわっ！

「お嬢の魔法なら信用できるんだけど」

「だ、大丈夫ですよっ、リュセさん。精霊の力は保証します。さあ、行きましょう」

　リュセさんのスキンシップにドキドキしつつ、私は皆さんを促《うなが》して光の柱に足を踏み入れた。

　その瞬間、空気が変わる。

　やがて私達を包んでいた光がゆっくりとほどけていき、視界に緑が飛び込んでくる。

　それは、とてつもなく美しい森。ジャングルと称したほうがしっくりくるほど木々が生い茂り、空までも覆《おお》い尽くしている。その葉の隙間からは、キラキラした陽光が幾筋も射し込み、森を穏やかに照らしていた。

どこからともなく風が吹き、葉のこすれ合う音が聞こえる。とても心地の良い音だ。

私は深く息を吸って、澄んだ空気を味わう。

後ろを振り返ると、獣人傭兵団の皆さんがオリフェドートの森に圧倒されていた。リュセさん、セナさん、チセさんは口をあんぐり開けていて、ポーカーフェイスのシゼさんも驚いた表情だ。

この森の主であるオリフェドートは、大樹の太い枝に腰かけて、私達を待っていた。木の根っこにも似た足が、プラリと垂れている。獣人傭兵団の皆さんの反応に満足したらしく、誇らしげな笑みを浮かべていたものだから、私もつられて笑みを深めた。

「ようこそ、我が森へ」

オリフェドートは、獣人傭兵団の皆さんに向かって歓迎の言葉をかける。

「それで、頼みごとはなんですか？」

さっそく尋ねると、オリフェドートは申し訳なさそうに口を開いた。

「実は……パーピー達がこれ以上働きたくないと、仕事を投げ出してしまったんだ」

「え、パーピー達が、ですか……」

「誰、パーピーって？」

首を傾げるリュセさんに、私は答える。

「蝶《ちょう》の妖精で、コーヒーの実の収穫を頼んでいたんです……」

「それ、君の店にとって大打撃じゃない？」

セナさんの言う通り、パーピー達が仕事を投げ出したとなると、お店でコーヒーを提供できなくなってしまう。

オリフェドートは、困った表情で言う。

「我の話に、まったく耳を傾けないのだ。悪いが、直接説得してくれないか」

「はい……そもそも私が頼んだことですから。話してきますね」

とにかく、妖精パーピーに会いに行こう。彼女達がいる場所は、どの方角だったかしら。この森は広いから、現在地がわからないと迷ってしまう。

――とそこで、シゼさんと目が合った。そうだ、まずはおすすめのお昼寝スポットに案内しないと。

「先に、皆さんをご案内しますね」

「いや、それは我がするぞ。我が友よ」

枝の上から身を乗り出し、オリフェドートが笑いかける。

「パーピーはあっちだぞ。さぁさぁ」

「あー……はい。では、皆さんを、よろしくお願いします」

精霊オリフェドートが自《みず》らもてなす気なら、お任せしよう。

チセさんはむくれた表情だけど、シゼさんは特に異議もないようで、静かに頷いている。

「オレはお嬢を手伝うー」

「僕も付き合うよ」

リュセさんとセナさんは、私と一緒に来てくれると言う。

「お手伝い、ありがとうございます」

私達は、オリフェドートが示した方角に向かって歩き始めた。

足元に生い茂る草に引っかからないよう、スカートを押さえながら進む。

静謐《せいひつ》な空気に満ちたオリフェドートの森は、木漏《こ》れ日《も》がキラキラと揺らめいていて、宝石箱よりも美しく見えた。深呼吸をして、森の香りを堪能《たんのう》する。爽やかで清々《すがすが》しい香り。

時おり、囁《ささや》くような小動物の声も聞こえる。

「そうだ、セナさん。ロト達にも会いに行きますか？　喜びますよ、きっと」

ロト達はこの森の蓮華《れんげ》畑に住んでいて、足を運ぶといつも喜んでくれる。親しくなったセナさんが一緒なら、大喜びするだろう。

けれど、セナさんからの返事は一向にない。そもそも足音さえ聞こえず、私は足を止めて振り返った。

「あ、あれ？」

そこに、セナさんとリュセさんの姿はなかった。はぐれてしまったのかしら。

でも獣人の嗅覚があれば、はぐれたとしても、すぐ合流できるはず。

そう考えて少し待ってみたけれど、二人は姿を現さない。

「セナさーん？　リュセさーん？」

気が変わってお昼寝することにしたのかしら？

でも、セナさんとリュセさんなら一声かけてくれるはず。

動物を見つけて追いかけていったとか……？　チセさんなら想像できるけれど、どうなんでしょうか？

……まぁ、オリフェドートの許可を得た客人なのだから、大丈夫よね。危険な目に遭《あ》うこともないと信じよう。

その時、カサカサと草を踏みしめる音が聞こえた。私は、音のしたほうへ向かってみる。

草の根をかき分けるようにして進んだ先にいたのは、思いもよらぬ人物だった。

深い紫色をした長い髪は、後頭部の高い位置で一つに束《たば》ねられ、風に揺れている。アーモンド型の目はキラキラ輝く木漏《こも》れ日に照らされ、紫水晶のように輝いていた。

この国の魔導師に与えられる、フード付きの黒いローブ。そこには、位が高いことを示す装飾が多く施《ほどこ》されている。

長身の彼は、眩《まぶ》しそうにこちらを見つめながら口を開いた。

「き、奇遇だな……ガヴィーゼラ嬢」

それは、久しく呼ばれていない呼び方だった。

「いや……今はローニャ、と呼ぶべきか」

魔導師グレイティア・アメジスト。

一瞬、兄に頼まれて私を探しに来たのかと勘繰ってしまった。少し前に、お祖父様《じいさま》から兄が私を探していると聞いたから。

だけど、そもそも兄は彼を敵視していた。そのような相手に、私の捜索を頼むはずがない。

私は微笑んで挨拶《あいさつ》を返した。

「ご機嫌よう、グレイティア様。お久しぶりです」

スカートを軽く摘まみ、膝を曲げて会釈《えしゃく》をする。その拍子に、すぐそばに生い茂っていた葉がちくりと頬に当たった。

「……元気そうで、何よりだ」

グレイティア様は、こちらへそっと手を伸ばす。その手には、複雑な魔法陣が刺繍《ししゅう》された白い手袋が嵌《は》められている。

彼は、私の頬に当たっている葉を優しくどかしてくれた。私は笑顔でお礼を言う。すると、あまり表情を変えないグレイティア様がわずかに口元を緩ませた。

2　森の恩人。

――ローニャのあとを付いていこうとしたリュセとセナだったが、花びらの吹雪に行く手を阻《はば》まれた。さらに、花吹雪はローニャの匂いさえもかき消してしまう。

「ペッ！　何しやがる、精霊！　お嬢の匂いが消えちまったじゃねーか！」

口に入った花びらを吐き出して、リュセは精霊オリフェドートを睨《にら》み上げる。

オリフェドートが手を上げると、その掌《てのひら》にすべての花びらが吸い込まれていった。

そして彼は、表情もなくリュセとセナを見据える。

「邪魔をされては困る」

「手伝うって言ってんだよ！」

「手伝いは不要だ」

「お嬢に言ったんだよ！」

リュセは、オリフェドートの意見など聞いていないと声を上げる。それからすぐさま、ローニャの進んだ方向へ向かって足を踏み出そうとした。

しかし、今度は木の軋《きし》む音が響き、行く手を阻《はば》まれる。なんと木々が動き出し、リュセの前に立ち塞《ふさ》がったのだ。五メートルはあるだろう大木には、二つの窪《くぼ》んだ目が付いていて、リュセのことをじっと見つめている。

「木の妖精だ。この森では、貴様達と同じような仕事をしている。危害を加える者を排除するのだ」

オリフェドートは、そう紹介した。木の妖精は確認できるだけでも五体いて、獣人傭兵団を囲み見張っている。

リュセもチセも、耳と尻尾を逆立《さかだ》ててそれらを睨《にら》む。

一方のシゼは一瞥《いちべつ》しただけで、警戒する素振りさえ見せなかった。この森に危害を加える気など微塵《みじん》もないからだ。こちらが危害を加えなければ、木の妖精と戦うこともない。

セナはシゼの様子から彼の意図を汲み取り、かわりにオリフェドートに向かって話しかける。

「精霊オリフェドート。僕達は、危害を加える気はない。友人であるローニャの手伝い

チセのように身構えることもなく、リュセのように噛《か》み付くこともなく、ただ冷静に。

をしたいだけだ」

するとオリフェドートは目を細めた。

「我が友ローニャの店の常連客だそうだな、獣人の傭兵団諸君」

「そんなこと、今は関係ないだろ！　それよりお嬢はどこだよ！　一人で行動して、もし何かあったらどうすんだ！」

リュセは怒りながら、ローニャが消えた方角に進もうとする。木の妖精が阻止するならば、枝をへし折ってやるつもりらしい。鋭い爪を剥《む》き出しにして、両手を構えた。

それを止めたのは、セナだ。首根っこを掴まれて、リュセは口を閉じる。

「ふん。そんな心配は無用だ。ローニャは、この森の恩人！　傷付ける住人などおらん！」

オリフェドートは、リュセの心配を一蹴する。

その時、皆の頭上を浮遊する生物が現れた。魚類の中でも最大級の大きさを誇るエイ――マンタのように平べったい身体で、青から緑の透明なグラデーションがかかっている。空と葉に溶け込んでしまいそうな色合いだ。ひらひらと泳ぐように、空を飛んでいく。

セナは、その不思議な生物をつい目で追いながら問いかける。

とその時、森の中に新たな気配を感じて、獣人傭兵団は身を屈《かが》めた。空を悠然と泳ぐマンタではなく、もっと危険な存在。

彼らは、臨戦態勢を取りつつ周囲に目を走らせる。

やがてマンタに似た生物は、木々の上を通り過ぎていった。そして次の瞬間、一本の大木の枝からこちらを見下ろす、大きな目に気が付く。青いラインが引かれたような目尻に、ライトグリーンの瞳。木の妖精とは比べものにならないほど巨大だが、生い茂る木の葉のせいで、その全貌が見えない。

笑みを描くように開かれた嘴《くちばし》からは、鋭利な牙《きば》が覗《のぞ》いている。

説明されずとも、セナ達はそれが幻獣だと理解した。鳥と獣、そして得体の知れない匂いが混ざり合った、危険な存在。

リュセとチセは、カッと目を見開いて威嚇《いかく》した。そんな二人を制止するのは、シゼだ。落ち着き払った様子のまま、静かに樹上を見上げている。

「誰かと思えば、獣人か」

嘴《くちばし》から、くぐもった声が零《こぼ》れ落ちた。

「この森へ共に来る仲となったのか。早いな」

そして幻獣は、大木からその身を乗り出した。顔を覆《おお》った白い羽根がほどけるように撒《ま》き散らされ、その巨体が空気に溶けていく。無数の羽根は小鳥が羽ばたく時の音を奏で、やがて仮の姿を取ったラクレインが現れた。

神にも似た力を持ち、人が目にすることは滅多にない存在。

人間に近い姿を取っているが、獣人に比べると、その変身は不完全だ。両腕は純白の翼で頭部の後ろの羽根はとても長く、ライトグリーンからスカイブルーに艶《つや》めいている。ラクレインは両腕の翼を優雅に羽ばたかせ、漆黒の足で抉《えぐ》るようにして地面に降り立った。

「幻獣のラクレインだ」

そう紹介したのは、精霊オリフェドート。

黒いリップが塗られたような幻獣の口元には、笑みが浮かんでいる。

敵意はないと理解したセナは、丁寧に名乗りを上げ、他の獣人のことも紹介した。すると、ラクレインは静かに口を開く。

「悪いな。獣は嫌いではないが、傭兵は信用できない……この森は、お主達が我々の恩人を傷付けかねないと危惧しているのだ」

「そんなことしねーよ!!」

噛《か》み付くリュセを宥《なだ》めつつ、セナが改めて尋ねる。

「その恩人というのは？」

「いいだろう、話してやる。楽にしていろ」

ラクレインが穏やかに言うと、真っ先にシゼが反応する。その場に腰を下ろし、ラクレインの話を聞く体勢を取った。

それを見て、チセもシゼの意向に従い、しぶしぶしゃがみ込む。リュセもまた、不満な表情を浮かべつつ座り込んだ。そして早く済ませろと言わんばかりに、尻尾をペシペシと地面に叩き付ける。

「……君は、人間嫌いの幻獣だよね？」

「人間の大半は嫌っているが、ローニャは好いている」

立ったまま尋ねるセナに、ラクレインは堂々と答える。

「お嬢に助けられたからだろ？　さっき、本人から聞いた」

リュセの言葉に、ラクレインは目を細めた。

「ローニャはオリフェドートと契約を結んでいるゆえ、オリフェドートが求めれば助けに来なくてはならない。これは当然のことだ。しかし昔からローニャの国の人間は、己の用が済めばあっさりと契約を解消してきた。だから嫌いなのだ。人間など信用できない。初め、ローニャが手を差し出した時も、我は拒んだものだ」

ラクレインが懐かしそうに笑うと、樹上に腰かけたオリフェドートが唐突に切り出した。

「悪魔を知っているか？」

「見たことはないけれど、知っているよ」

セナはそう答える。

「悪の根源のような存在……あらゆる者を惑わす魔力を持つ存在。不吉と破滅の象徴。魔物は悪魔の力に当てられやすく、たやすく操られてしまう。ある時、厄介な悪魔が魔物達を操り、この森を襲撃してきたのだ……気まぐれにな」

オリフェドートに続いて、ラクレインが語り始める。

「本来なら、最初に契約をした魔導師グレイティアが呼ばれるはずだった。だが、グレイティアはある儀式の最中で、動くことができなかった。よって、オリフェドートはもう一人の契約者であるローニャに助けを求めた」

一方のローニャは、サンクリザンテ学園の試験期間中であった。ローニャにとって重要な試験だったにもかかわらず、彼女は迷うことなく抜け出してきてくれた。魔法契約を結んだ者からの呼び出しであれば、追試を受けさせてもらえるからと言って。学年一位の座を維持しなければ、実の家族からひどい目に遭《あ》わされるというのに。

もっとも、そのあたりの事情は伏せたほうがいいと判断しつつ、ラクレインは続きを話した。

「森の住人は悲鳴を上げて逃げ惑い、木々はなぎ倒され、魔物の軍は進撃を続けていた。その魔物の多さに、オリフェドートも住人を守り切れず、危うく壊滅に追い込まれるところだった。悪魔さえ仕留めれば戦いは終わるはずだったが……なかなかそこに辿り着けず、我も多くの敵に阻《はば》まれて深手を負った。そして息を止められる寸前で、ローニャが現れたのだ。それが出会いだった」

「ちょっと待て」

そこで話を止めたのは、リュセだった。人差し指を突き付けて、ラクレインに尋ねる。

「ま、待てよ。お嬢は、怪我をした小鳥を手当てしたら懐かれた、的なニュアンスで話してたんだけど。え……何、お前。そんな危機的状況で、お嬢に助けられたの？」

「そうだ」

「お嬢、何者なの⁉」

「王のもとで働く魔導師グレイティアが、腕を認めるほどの実力者だ」

驚愕《きょうがく》の表情を浮かべるリュセに、ラクレインは平然と返す。そして少々自慢するかのように胸を張った。

「かなりの腕なのだが、それを認めてもらえぬ環境で育ったからな……自分を過小評価している節がある」

ひとりごとのようにそう呟いてから、話を続けるラクレイン。

「手当てをすると言うローニャを、我は拒んだ。人間の……小娘なんぞに救われたくはないと吐き捨ててやった」

正確には、貴族の娘なんぞに救われたくはない。それがラクレインの本音だった。

当時のラクレインは、それほど貴族に嫌悪を抱いていたのだ。起き上がれないほどの傷を負っていながら、牙《きば》を剥《む》き出しにしてローニャを拒絶した。

ローニャは「わかりました」と一度は引き下がったように見せた。しかし、すぐに治癒の魔法を施《ほどこ》し始めた。

森を救うには、ラクレインの力が必要だ。苦情はあとで聞く。

怒りの声を上げたラクレインに向かって、ローニャは冷静にそう告げた。

「我の手当てをしながらも、ローニャは戦っていた。持てる魔力のすべてをもってして、我々とこの森を救ったのだ。勇ましい姿だったぞ」

ラクレインは、少女の勇姿を語り続ける。

古代の守りの魔法で、数多《あまた》の鎧だけの騎士を召喚し、進撃を防いだ。召喚魔法には、相当の魔力と集中力が必要となる。だがローニャは、歌うように詠唱を続け、ラクレインに治癒魔法を施《ほどこ》しながら、悪魔と対峙したのだ。魔法がぶつかり合っては弾《はじ》けた。火柱が上がったかと思えばそこに水が注《そそ》がれ、暴風が巻き起こったかと思えばそれが宙に吸い込まれた。

長寿のラクレインですら見たことがないほど、激しい戦いだった。

当時のローニャは、まだ十四歳。ドレスの裾を翻《ひるがえ》し、艶《つや》やかな長い髪をなびかせて、悪魔に立ち向かい続けた。

悪魔は多くの魔物を盾にして身を守っていた。ローニャの魔力が切れるのを待っていたのだ。やがてローニャは決着をつけるべく、魔法で作り上げた剣を手に、魔物の群れの中へ飛び込んだ。

貴族の令嬢も、嗜《たしな》み程度には剣術を学ぶ。しかしローニャの場合は、それ以上の剣術を叩き込まれていた。その剣さばきは華麗で、魔法の詠唱も怠《おこた》らず魔物を倒し続け、ついに悪魔との一騎打ちとなった。そして悪魔が放つ禍々《まがまが》しい魔力さえも斬り裂き、見事悪魔を倒して封印し、森を救ったのだ。

「悪魔から解放された魔物まで治癒してやったローニャは、我の文句を聞く前に、オリフェドートの力によって再生する森の中に横たわり、眠ってしまった。あれほど激しい戦いのあとだ、無理もない。……妖精達に寄り添われて眠るその姿を見て、我はローニャを嫌い続けることなどできなかった」

笑みを浮かべるラクレイン。その表情には、懐かしさと愛おしさが滲《にじ》み出ていた。

「人間嫌いの我が、惚れた娘。ローニャは命の恩人だ。我が従うのは、ローニャとオリフェドートのみ」

幻獣ラクレインがそこで言葉を切ると、オリフェドートが険しい表情で口を開いた。

「ローニャがこの森の恩人だと知った上で、警告を聞け。ローニャを傷付けたならば、滅ぼしてやる」

オリフェドートだけでなく、この美しい森全体が、獣人傭兵団に警告を向けていた。

澄んだ空気が重苦しくなるほどの威圧感に、獣人達は身構える。

とその時、ラクレインがやわらかな笑みを浮かべた。

「オリフェドートはこうして心配しているが、我は違う。……先ほどは信用できないと言ったが、ローニャに手なずけられた獣同士、仲良くやろうぞ」

「いや、ちょっと待てよ」

ラクレインの言葉に驚きつつ、リュセが口を開く。

「え？ お嬢は剣も振れちゃうわけ？ お嬢、まじで何者なわけ？ できないこととか、ないわけ⁉」

ローニャの謎が深まり、頭を抱えるリュセ。その反応を見て、オリフェドートは顔をしかめる。

「何を言っているのだ……ん？」

そして、すぐに気が付いた。

「まさか我が友のことを知らぬのか⁉ だ、だが、貴様はっ……⁉」

「あ？ なんだよ？」

リュセを指差して、オリフェドートはわなわなと震える。

オリフェドートは勘違いをしていたのだ。ローニャが自身の素性を話したからこそ、リュセが彼女を「お嬢」と呼んでいるのだと思い込み、森にも連れてきた。だが獣人達は、ローニャが令嬢であることを知らない。

「紛らわしいぞ！」

「あ⁉ 何が⁉」

オリフェドートは逆上し、リュセからラクレインへと視線を移す。

「なぜ、悪魔のことを話した！」

「連れてきておいて、何を今さら。構わないだろう。ローニャが森に連れてくるほどだ、我々のことぐらい明かしてもいいだろう」

すべてをわかっていたラクレインは、しれっと返す。

オリフェドートは肩を落としたが、やがて獣人達を挑発するように口を開いた。

「フン、貴様達、ローニャをよく知りもしないでここまで来たのか。我々に感謝され、魔導師にも賞賛されるほどの魔法の使い手でありながら、ただひっそりと暮らしている理由……それすら打ち明けてもらっていないのだな」

すると、リュセとチセが盛大に顔をしかめた。その様子を眺めつつ、オリフェドートは続ける。

「精霊の森を救ったのだ。あらゆる植物は、我が存在するからこそ芽吹く。我が森を救うことは、世界を救うことと同義。だが、ローニャはその偉業を讃えられたくないと言い、この件は秘されたのだ」

目立ってしまっては、冷血な家族からさらなる期待を押し付けられかねない。それを恐れて、ローニャは口止めを頼んできた。

「……努力を認められたことはあるか？」

ラクレインが、チセに向かって問う。

突然水を向けられ、チセは戸惑いつつも答えた。

「……あるけど、それが？」

チセの視線は、育ての親であるシゼに向けられている。

「では、努力を否定され続けたことは？」

ラクレインはシゼを一瞥《いちべつ》し、再びチセに向かって問う。

チセは、答えることができなかった。そんな経験などなかったからだ。

ラクレインは密かに笑う。

そんなラクレインの言葉を引き継ぐかのように、オリフェドートが口を開いた。

「ローニャは、否定され続けながら育った。おかしなものだな。偉業を成し遂げても、自身を過小評価している。しかし、ローニャはようやくそこから逃げ出してきたのだ。……貴様達、街の人間には、忌み嫌われているそうだな。ローニャは貴様達を受け入れた。だが……貴様達はローニャの過去を受け入れられるのか？」

疑いの眼差《まなざ》しを向けられて、頭にきたリュセが立ち上がった。

「うっせー！　いいんだよ！　今のお嬢を知っていれば!!　過去なんて、お嬢が話したい時に受け止める！」

まだ打ち明けられていないローニャの謎は、すべて受け止める。自分達にやわらかな笑みを向け、受け入れてくれるローニャを裏切るようなことは絶対にない。それは、獣人傭兵団の総意だった。

「行こうぜ！　セナ！」

もう話は済んだ。

ローニャのもとへ行こうと、リュセはセナを急《せ》かす。しかし、ラクレインが右の翼で遮《さえぎ》った。

「もう一つ、知っておいてもらいたいことがある。ローニャを大切に思うのならば、な」

「っ！　……なんだよ」

そう言われては、無視することもできない。敵意を示さないラクレインのことは少し信用し、リュセは話を聞くことにした。

「悪魔のことだ」

「封印したんだろ？」

「ローニャは、結界や封印の類《たぐい》の魔法を不得意としている。その悪魔は厄介なことに、封印を打ち破るのが得意なのだ。悪魔は倒されて以来、ローニャに執着して付きまとっている。何度封印しても、出てきてローニャに取り憑《つ》こうと狙っているのだ。あの店に通い続けるつもりなら、目を光らせておいてほしい」

ローニャが悪魔に狙われている。それを知り、獣人傭兵団は顔を歪《ゆが》めた。

「この森に住めば、我らも守りやすいと言ったのだがな……」

「まぁ、今の居場所を悪魔が見つけ出すとは限らないと踏んでいるのだろうな。ローニャは自分で対処できると思っているようだが、小賢《こざか》しい存在だ、油断はできん。次に現れた時は、グレイティアが封印する」

そう話すラクレイン。セナは、考え込むようにして彼に尋ねた。

「……悪魔から、逃げてきたわけではないんだね」

悪魔から身を隠すためではなく、自身を否定し続ける環境から逃げてきたローニャ。その環境は、彼女にとって、悪魔より恐ろしいものだったのかもしれない。

ラクレインはセナをじっと見つめ、翼をある方角へ向けた。

「ローニャはグレイティアと共に、蜜の木のそばにいる。この道をまっすぐ行った先だ。橙色《だいだいいろ》の蜜を垂らした木は、見ればわかる。このまま進め」

リュセはさっそく歩き出そうとして、座ったままのチセに声をかける。

「ボス……は寝てるか。チセは行かねーの？」

「シゼとここで待ってる」

いつの間にか、その場に横たわってしまったシゼ。彼は、ローニャのもとに行かないらしい。

「ふーん。じゃあ行こうぜ、セナ」

ラクレインが指し示した方角へ、リュセとセナは歩いていく。

チセは二人の背中を見送りつつ、声を上げた。

「つまんねー牽制《けんせい》、すんなよ。お前ら」

オリフェドートとラクレインは、チセの次の言葉を待つ。

「オレ達がローニャを好きだってことくらい、わかってんだろ。それとも取り合いでもしたいのか？」

呆れた様子で言ったあと、チセは好戦的な笑みを浮かべてラクレインを見つめた。

ラクレインも、満更でもなさそうに笑みを返す。

「これだから獣は……」と額を押さえるのは、オリフェドートだ。

「……そういえば、ローニャが昼寝に使う場所に行きたかったのではないのか？　案内くらいしてやるぞ」

シゼとチセの目的を思い出し、オリフェドートが尋ねた。

チセはきょとんとしたあと、仰向《あおむ》けに寝そべったシゼに目を向ける。

「……待つ」

シゼは目を閉じたまま、静かに答えたのだった。

3　魔導師と努力。

——どうして、多忙な魔導師グレイティア様がこの森にいるのだろう。私は笑みを浮かべたまま、考えてみる。

オリフェドートは何も言っていなかったし、精霊から呼ばれたわけではなさそうだ。城勤めをしていると、さまざまな儀式にも携《たずさ》わると聞く。儀式には薬草などの材料が必要となるから、それらを集めに来たのだろうか。

「今日は、儀式のための材料集めですか？」

そう尋ねると、グレイティア様はゆっくりと首を横に振った。

「いや、森の様子を見に来たんだ。休暇を取ったので、ゆっくり過ごそうと思って」

「まぁ……グレイティア様が休暇を取られるなんて、珍しいですね。グレイティア様は仕事を……いえ、魔法を愛していらっしゃるもの。ふふ、ただ好きなことに打ち込む日々もいいですが、お休みもいいですね」

右頬に手を当てて、なるべく上品に見えるよう微笑む。これでも、打ち解けた話し方のつもりなんだけれど。

……つい貴族令嬢としての対応となってしまった。

「……その」

グレイティア様は何かを言いかけて、私の斜め上に視線を向けた。目を眇《すが》めて空を見つめ、小さな声で呟く。

「レイモンが来る」

「えっ？」

パッと空を仰ぎ見ると、身体に何かがまとわり付いた。ひんやりしていて、やわらかい。

「レイモン……こんにちは」

私に身体をぴたりとくっつけ、もごもごしているのは、マンタによく似た生きもの。

平べったい身体でひらひらと宙を泳ぐ、森マンタだ。全身は青と緑の透明なグラデーションで、とても美しい色合い。

森マンタのレイモンは、この森で私を見かけると、こうしてハグして挨拶《あいさつ》してくれる。

「レイモン、離れてもらえるか？」

グレイティア様が声をかければ、レイモンはゆっくり離れてふわりと浮いた。そのまま木の枝を避けながら宙を泳いでいく。

グレイティア様は、気を取り直したように話題を変えた。

「君はオリフェドートの頼みで来たのだろう？」

「はい。私がパーピー達に頼んでいたことに関して、問題が起きたみたいです。だから会いに行こうとしていました」

「……私も同行して構わないだろうか？」

「あー……はい」

周りを見回してから頷く。私にはすでに同行者がいたのだけれど、どこに行ってしまったのやら。

「実は友人と来ていたのですが……合流したらご紹介しますね」

グレイティア様に、一応そう断っておく。

セナさんもリュセさんも、きっと私の匂いを辿って追い付いてくると思う。先に行っても大丈夫でしょう。

「……新しい友人なのか？」

グレイティア様の質問に、少し考え込む。

国王陛下のそばにいるグレイティア様は、当然、私がサンクリザンテ学園を飛び出したことを知っている。王都から随分《ずいぶん》離れた街で、新しい生活を送っていることも。

「はい。実は今……」

「ああ、詳細は省《はぶ》いたほうがいい。私は国王陛下に嘘をつけないからな」

グレイティア様が、掌《てのひら》をこちらに向けて制止する。

詳細を知らなければ、国王陛下から問われても、私の居場所を答えることはできない。

グレイティア様なら私の居場所を知っていても問題ないと思ったけれど、確かに国王陛下に伝わってしまうリスクがある。国王陛下がそれを知れば、家族に伝わる恐れだってあるもの。

私の事情を考慮してくれるグレイティア様に、そっと笑みを浮かべて頷いた。

「ある場所で、喫茶店を開いて生活しているのです。そのお店の常連客となってくれた友人達が、一緒に来てくれました」

「喫茶店か……学園でも、君のお菓子やコーヒーの評判を耳にしたことがある。私も、オリーといただいたお菓子が美味《おい》しかったことを覚えているよ」

オリーとは、オリフェドートのこと。

二人には、差し入れにお菓子を渡したことが何度かあるのだ。

嬉しく思いつつ、私は話を続ける。

「良い人達がたくさんいる街で、お店も予想外なほど繁盛しているんです」

「……楽しい日々を送っているようだな」

グレイティア様は、また口元を緩ませた。

婚約を破棄されて学園を飛び出したから、心配してくれていたのかもしれません。

彼は城勤めの魔導師としてパーティーに参加し、女性陣に囲まれても、愛想笑い一つ見せずに淡々と会話をする人だ。生真面目で、仕事――もとい魔法にしか興味を示さない。そんなグレイティア様に振り向いてもらえず、ハンカチを噛《か》みしめている女性を何人も見たことがある。

私が彼とここまで打ち解けることができたのは、互いに魔法を本気で学んでいたからだ。

「……グレイティア様？」

彼の眼差《まなざ》しがどこか悲しげに見えて、理由を尋ねようとした。

けれど、カサカサと何かが近付いてくる音が聞こえてくる。草を揺らすその音は、次第に大きくなる。私とグレイティア様が音のするほうへ顔を向けると、白いもふもふ達が飛び出してきた。

頭のてっぺんから尻尾の先まで真っ白で、ふさふさと長い毛に覆《おお》われた小動物達。たくさんのもふもふが私の周りをグルグルと駆け回り、ふくらはぎからよじ登ってくる。

ふわふわした毛が全身を撫《な》でた。

よろめいた私の手を掴み、グレイティア様が支えてくれる。

疾風の如《ごと》く、白い小動物達は去っていった。私の身体に白い毛をたくさん残して。鼻がくすぐられてしまい、両手で口元を押さえてくしゃみをした。

「相変わらず悪戯《いたずら》好きだな、フェーリス達は」

「そうですね」

思わず苦笑を漏《も》らしてしまう。今のは、フェーリスという名の小動物。長い毛を持つ猫に似た生きもので、群れをなして森を駆け巡り、森の仔猫とも呼ばれている。

身体中を駆け巡るようにして去っていくのは、彼ら流の挨拶《あいさつ》だ。

「じっとしていて」

グレイティア様は、指を鳴らして風を起こした。優しい風がベールのように私の肌をかすめて、フェーリスの残した毛を取り除いてくれる。

「どうもありがとうございます、グレイティア様」

お礼を言ってから、一緒に歩き始める。

その時、頭上の枝が優しくしなる音が聞こえて顔を上げた。幻獣ラクレインが横切ったのかと思ったけれど、白い羽根が見当たらないから違うみたい。

大木の枝がふわりとしなるたびに、葉がさわさわと鳴る音も響く。それは子守歌のようで、とても心地良い。

今頃シゼさんとチセさんは、この優しい響きの中でお昼寝をしているのでしょうか。森でもふもふ達がお昼寝……眺めてみたかったな。

「その……」

隣を歩くグレイティア様が再び口を開いたので、私は顔を向けた。

「呼び方は、ローニャ……で、構わないだろうか？」

とても慎重な口振りで確認してくるグレイティア様。

「はい。私はもうガヴィーゼラの家名を名乗れませんから。どうぞ気兼ねなく、そうお呼びください」

「……ローニャ」

どこか緊張した様子でそう呼ぶグレイティア様に、私は「はい」と返事をする。

彼はうつむくと、額を指先でかいて「慣れないな」と呟いた。初めて会った時から、ずっとガヴィーゼラ嬢と呼んでいたものね。しっくりこないみたい。でも、そのうち慣れるでしょう。

「ローニャも……私のことを気兼ねなく呼んだらどうだろうか」

そう提案されて、私はきっぱりと答えた。

「いえ、私は敬意を持ってお呼びしたいです」

学園の先輩として、魔法の師匠として、そして魔導師として、彼を尊敬している。だから、わざわざ呼称を変える必要はないと思う。

「……そうか」

グレイティア様は、残念そうな表情だ。

そういえば、友人のヘンゼルにも、様を付けなくていいと言われたことがあった。彼は同年代の友人だったからそこまで抵抗はなかったけれど、相手がグレイティア様となるとそうはいかない。

んー、と頬に人差し指を当てて考えてみた。

オリフェドートは、グレイティア様の前で彼のことをグレイと呼ぶ。

「グレイ様、なんてどうでしょう？」

提案してみると、グレイティア様がパッとこちらを向いた。けれど、すぐに片手で顔を覆《おお》い、ぷいっと目を逸《そ》らしてしまう。

「嫌でしたか？」

彼の顔を覗《のぞ》き込もうとすると、もう片方の手で制止されてしまった。

「嫌ではない……ただ、その……それでいい」

「はい、グレイ様」

「……」

グレイ様、か。何度か呼べばしっくりきそうだ。

グレイティア様──改めグレイ様は、顔を背けたままだから、これで良かったのかどうかわからない。それを確かめるべく、もう一度顔を覗《のぞ》き込もうとしたところで、甘い香りに包まれた。

目的地に着いたみたい。

橙色《だいだいいろ》をした大きな木は、どっしりと太い幹に、傘のように広がる枝を持っている。その枝からは蜜が垂れていて、艶《つや》やかな琥珀色《こはくいろ》のそれに触れてみると、ぷるんぷるんと揺れた。

ここは、蝶《ちょう》の妖精パーピーの家だ。あたりには、オレンジのパイに似た甘い香りが漂《ただよ》っている。

しゃがんで覗《のぞ》けるくらいの位置に、穴があった。そこから挨拶《あいさつ》をすれば、鳥のうぶ毛のようなベッドに寝そべっていたパーピーが身体を起こして、こちらに飛んできた。

揚羽蝶《あげはちょう》の羽根を背中に生やした、とても小さな女性の姿で、黒いレザースーツを着ている。なんともセクシーな妖精さんだ。髪は黒色で、肌はこんがり焼いたような赤みのある色。

「こんなにも働くなんて、聞いてないんだから！」

キッと私を睨《にら》み付けて甲高《かんだか》い声を上げたのは、リーダーのモカだ。

やや吊り上がった瞳はオレンジ色で、ボーイッシュな黒髪がよく似合っている。

私は思わず目を瞬《またた》かせた。

「発注多すぎ！　忙しい！　疲れる!!」

「まぁ……」

ボイコットの理由がわかって、私は申し訳なく思う。

「もう働きたくない！」

「ごめんなさい……今までまったり暮らしていたのに、忙しくさせてしまって……」

ロト達は楽しそうに毎日お店へ通ってきてくれるけれど、モカ達は違ったみたい。彼女達の時間を奪ってしまったことを、本当に申し訳なく思う。まったりしたい気持ちは、痛いくらいにわかるもの。奥から顔を出したパーピー達にも、謝罪する。

すると、グレイ様が眉をひそめて口を開いた。

「待ってくれ。頼みごとを引き受けたのならば、最後まで責任を果たすべきだ」

「いえ、いいのです。当初の予定より、多く摘んでもらっていますから……皆が疲れるのも当然です」

「しかし……それならば、なおさらパーピー達の助けが必要になるのでは？」

「充分、助けてもらいました。コーヒーの売り上げは予想よりも多くて繁盛していますが、自分で摘みに来る時間は作れます」

パーピー達に甘えすぎてしまった。

今日みたいに、午後に足を運ぶことはできると思う。獣人傭兵団の皆さんがこの森を気に入ってくれていたら、また誘ってもいいかもしれない。散歩ついでに、摘みに来る余裕はあるでしょう。

グレイ様は、それ以上何も言わなかった。

一方、パーピー達はグレイ様に向かってべーと舌を出した。

「たくさん働かせてしまってごめんなさい。どうぞ、休んでください」

私が笑いかければ、モカは満足げな笑みを浮かべて木の穴へ戻り、ベッドに寝そべった。

「今まで、ありがとうございました。パーピーの皆さんが摘んでくれたコーヒーチェリーで作ったコーヒーは、とても美味《おい》しいと評判で、人気があるんです。そのコーヒーを飲まないと仕事が捗《はかど》らないって、毎日来てくれるお客さんも多いんですよ」

「……そうなの？」

「はい」

私がお客さんの反応を伝えると、モカが起き上がった。彼女の瞳は、爛々《らんらん》と輝いている。

「しょうがないなぁー！」

「え？」

「やっぱり、摘んできてあげる！」

再び私の目の前に羽ばたいてきたモカは、ドンと胸を張った。

「ほら、みんなぁ！　行くよー！」

「あの、でも……休んでいいのですよ？」

「いいの！　いいの！　これからも、任せて！」

モカは、奥にいた仲間達の背中を押して幹の外へ飛び出す。

揚羽蝶《あげはちょう》の妖精さん達は、くるくると賑《にぎ》やかに舞い、飛び立っていった。

オレンジのパイのような甘い香りを嗅《か》ぎながら、私はポカンとしてしまう。

「……うまい説得だった」

隣に立つグレイ様がポツリと言う。

「いえ、そんなつもりでは……」

最後にお礼を伝えたつもりだったのに、やる気を出させてしまうなんて。予想外。

「どうしましょう……」

「せっかくやる気になったのだから、任せたほうがいい。人間に喜ばれていると知って、嬉しいのだろう」

「無理をしないといいのですが……」

「君が思っている以上に、妖精はマイペースだ。休みたくなったら、休むだろう」

グレイ様はそう言って、手を差し出してくれる。私はその手を借りて立ち上がった。

うーん、これで問題は解決……ということでしょうか？

意外な展開になってしまったものの、パーピー達がやる気を出してくれて助かったのは事実。自分達のペースで働いてくれるといいな、と思いつつ、私達は蓮華《れんげ》畑に向かって歩き出した。せっかくだから、ロト達にも会っていきたい。

「……それで、君のほうは無理をしていないか？　新しい生活の中で、きちんと休めているのか？」

店が繁盛していると聞いて、グレイ様は心配になったみたい。

「お恥ずかしい話ですが、先日、体調を崩してお店を休んでしまいました。お風呂で読書をして、湯冷めしてしまったんです……でも、オリフェドートの摘んだ薬草で、ロトが薬を作ってくれました。それに新しい友人が看病してくださったり、近所の方がお見舞いに来てくださったり……おかげで、すっかり元気になりました」

「……そうか」

体調を崩して迷惑をかけてしまったことは反省しているけれど、皆の気遣いはとても嬉しかった。くすぐったいような気分を思い出して、思わず笑い声を漏《も》らしてしまう。

パーピー達の家からしばらく進むと、大きな池に差しかかった。底が透《す》けて見える池には、水草がゆらゆらと揺れていてとても綺麗。その池から、水飛沫《みずしぶき》が飛んできた。

パチン。

グレイ様が指を鳴らして、水飛沫《みずしぶき》を空中で止める。

「レディーに水をかけてはいけないと、何度も言っているだろう？　ケビン」

池の中から顔を覗《のぞ》かせたのは、小さな池の妖精。肌の色は蛙《かえる》にそっくりで、真ん丸な体型はボールみたい。水遊びの大好きな彼らだけれど、こうして私に水をかけてくるのは一人だけ。名前はケビンだ。

グレイ様に注意され、ケビンはばつが悪そうな顔をこちらに向ける。

「こんにちは、ケビン」

私は水に濡《ぬ》れてしまわないようにドレスを押さえながら、池に手を入れてケビンに水をかける。すると彼は、にっこり笑みを浮かべて池の中に沈んでいった。

「駄目だ、スティービー」

グレイ様の声に振り返れば、私の背後に別の妖精が立っていた。彼もまた池の妖精で、名前はスティービー。私のお尻を押して、池に落とそうとしていたみたい。

前にも一度、池に落とされたことがある。その時は大笑いしながら皆で水遊びをしたから、また遊びたかったのかもしれない。

スティービーは頬を膨《ふく》らませつつ、どこかしょんぼりした様子で池に入っていく。水遊びはまた今度、と手を振った。

再びグレイ様と歩き出すと、他にもたくさんの妖精達が挨拶《あいさつ》をしに来てくれる。

皆に笑顔で応《こた》えていると、穏やかな笑みを浮かべたグレイ様と目が合った。

「グレイ様、何か良いことがあったのですか？」

「……なぜ、そう思う？」

グレイ様は驚いたような反応を示す。

「笑っていらっしゃるから……違うのですか？」

普段はあまり表情が変わらない人だけれど、今日はよく微笑んでいる。

グレイ様はハッとした表情を浮かべ、左手で口元を隠した。

「そ、その……これは、なんというか……」

「休暇を楽しんでいらっしゃるのですね」

「……」

「違うのですか？」

グレイ様の顔を覗《のぞ》き込むと、彼は目を見開いて身を引く。感情を読み取られたくないのか、口元は左手で覆《おお》ったまま。

グレイ様は待ってくれと言わんばかりに、右の掌《てのひら》をこちらに向けた。そしてゴホンと咳払いをする。

「君がこの森の住人に好かれていることが、微笑ましくて……」

「グレイ様も好かれておりますわ」

「君ほどではない」

そうでしょうか。首を傾げながらグレイ様をじっと見つめると、彼はパッと目を逸《そ》らした。

「わ、話題を変えるが……その、聞いている……婚約破棄の件」

その件について触れてくるのは、意外だった。グレイ様とは、シュナイダーのことをあまり話さなかったから。

心配そうにこちらをうかがうグレイ様。私は、立ち止まって首を横に振った。

「……いいのです。私とシュナイダーは、互いに運命の相手ではなかったのでしょう」

「詳しくは聞いていないが……その、君はとても優秀な学生だ。学年一位を維持して……今まで学園の誰よりも努力してきたじゃないか。学園に戻る気はないのか……？」

グレイ様は、真剣な眼差《まなざ》しで私に問いかける。

魔導師となるには、学園を卒業することが必須となる。魔法を愛しているグレイ様だからこそ、もったいないと感じるのでしょう。

けれど、私は魔導師になるために、学年一位を維持していたわけじゃない。だから、無言のまま首を横に振った。

すると、グレイ様は言葉を探すようにして言う。

「……この森を悪魔から救ったのは、ローニャ、君だ。だから……君は、森の住人皆に好かれている。精霊の森を救った功績は……賞賛されるべきものだ」

確かに私は、グレイ様のかわりにオリフェドートから呼ばれた。だけど……

「……いいえ。グレイ様でしたら、もっとうまく対処できていたでしょう。そうなれば、すべてはグレイ様の功績になったはずでしたのに……」

「そんなことはない。ローニャはうまく対処した。古代の守りの魔法は、私も知らなかった」

私は、思わずその場にしゃがみ込んで呟く。

「……あれは試験に備えて調べものをしていた時、偶然目にとまったもの。前にも話したでしょう？」

「確かに聞いたが、いきなり実戦で使えるものではない」

グレイ様は私のすぐそばに右膝をつき、強く言い切る。

「いえ、偶然、試験で必要だった魔法ばかりが役に立ったのです。試験に備えていなければ、この森を救えていたかどうか……幸運でした。私は、私ができることしかしていません」

「……その力で、誰でもない君自身がこの森を救ったのだ」

私の右手を取って、ギュッと握りしめるグレイ様。

「君なら、とても優れた魔導師になれる」

彼は、私が学園に戻って無事に卒業し、魔導師になることを望んでいる。私を認めてくれているからこその、真剣な眼差《まなざ》し。

「私ができることは限られているが……君が学園に戻れるよう最善を尽くす」

「グレイ様」

私は、グレイ様の手に左手を重ねて握り返した。

「私はあの学園には戻りません」

それが私の意志。汚名を被った私を再び受け入れるような学園ではないし、その汚名をそそぎたいとも思わない。飛び出した場所には、もう戻らない。

「……そうか」

グレイ様はわかってくれたようで、手の力を抜いた。うつむいた彼の顔は悲しげに見える。

「……私は間違った努力をしていました。ただ、その努力は無駄だったわけではありません。とても役に立ちました。この森を救うことができましたから。それに、尊敬するグレイ様にこんなにも認めてもらえました」

グレイ様の手を包んだまま、私は微笑む。

「グレイ様のように、両親にも認めてもらいたかったです……。幼い頃から、両親の期待に応《こた》えようと努力をしていましたが……学年一位の座を維持しても、褒めてもらえることはありませんでした」

話しているうちに、視線がどんどん下がってしまう。うつむいた私に、グレイ様は優しく語りかけた。

「それは、君に過度な期待を押し付けていたせいだ……自分達が得られなかった功績を、君が手にすることを求めた」

「……そうですね。現状に甘えることなく、もっと上を目指すようにと強《し》いられました」

胸がギュッと締め付けられ、私は無理やり空を見上げた。そこには、木々の葉をキラキラと輝かせる光がある。清らかな空気を胸いっぱいに吸い込んで、深呼吸する。

「……温もりを必要としていない家族でした。……そんな家族に、私はついていけなかったんです」

常に高みを目指したがる両親。兄もまた、同じ考えを持っていた。

けれど、私には前世の記憶があったせいでしょうか。まったりしたい――そんな願いがあったから、あの家庭には馴染《なじ》めなかった。

「優しい祖父のもとに逃げようかとも考えました……けれども、シュナイダーと出会って……彼が私を守ると約束してくれたから、耐えてきました。以前、少しだけ話しましたよね？」

グレイ様は、一度だけ私の家族について尋ねてきたことがある。辛くないのかと心配するグレイ様に、私はシュナイダーが幼い頃にしてくれた約束があるから大丈夫だと、微笑んで返したのだ。

「覚えている……」と小さく頷くグレイ様。

「シュナイダーと結婚すれば、彼が私を幸せにしてくれる。私は、そんな人まかせな考えで、ずっと耐えてきたのです。けれど本当は、もっと他の努力をすべきでした。両親に立ち向かうだとか、あるいは私自身が家族に歩み寄る努力をするだとか……」

家族が怖くて、シュナイダーの背中に隠れてしがみ付いていた。小狡《こずる》く、誰かが自分の境遇を変えてくれることを願っていた。

それは、間違った努力だった。

「学園には戻りません。元には戻れないのです。あそこは、ローニャ・ガヴィーゼラ嬢の居場所でした。私は、ローニャ・ガヴィーゼラ嬢には二度と戻りません」

もう一度念を押すように、私の意志を伝える。

「グレイ様のおかげで、たくさんの支えができました。だからこそ、今、私は自分の足で歩いていけるんです。数々の魔法を教えてくださり、感謝しています」

グレイ様に、心からの感謝を伝えた。すると、グレイ様は再び私の手を握りしめる。

「……ローニャ」

グレイ様は紫色の目をスッと細める。やっぱり、今日のグレイ様はいつもより感情表現が豊かだ。

「どうか、私の存在も君の支えにしてほしい」

落ち着いた声音なのに、なんだか情熱的で……

「ガルル!!」

その時、猛獣の声が轟《とどろ》いた。私もグレイ様も、身体を震わせる。

ハッと振り返ると、白いチーターさんが唸《うな》りながらズンズン歩いてきた。リュセさんだ。彼の後ろには、セナさんもいる。二人はいつの間にか獣人の姿になっていた。

「誰だよてめぇ！　手ぇ離さないと切り落とすぞ！」

敵意を剥《む》き出しにして、全身の毛を逆立《さかだ》てているリュセさん。彼は私達の前までやってきて、びしっと白い手を突き付けた。

もふもふしていて可愛い手なのに、鋭利な爪を向けるなんて。私は自《みずか》らグレイ様の手を離し、ゆっくりと立ち上がった。それにならうようにして、グレイ様も立ち上がる。

「彼は魔導師のグレイティア様。私の師匠とも呼べる方です」

そう説明して敵意を緩めてもらおうとしたけれど、リュセさんはいまだグレイ様を睨《にら》み付けている。真っ白なお顔が怖いです。

「友人とは……獣人族だったのか」

「はい、そうなんです。こちらがリュセさん、そして彼がセナさんです」

興味深そうな様子のグレイ様に、二人を紹介した。

「……生まれつき変身能力があり、獣の姿を持つ種族。こうして対面するのは初めてだ。……失礼かもしれないが、耳に触ってもいいだろうか？」

「いいわけあるかーっ！」

「そうか……」

リュセさんに一蹴されて、グレイ様は残念そうだ。

「……それより、こんなところで何してるの？　蜜の木のそばにいないから、匂いを辿ってきたんだけど……コーヒーの実の件は？」

グレイ様を気にしつつ、セナさんが問いかけてくる。

するとグレイ様の視線が、セナさんのピンと立った大きな耳に移動した。セナさんは冷静な様子で「駄目だから」と断る。

「その件は、無事解決したんです。だから、今からロトのところに行こうと思っていて。セナさん達も一緒に行きましょう。会いに行ったら、喜ぶと思います」

「そう……それならいいんだけど。ただ、ボスは君の用事が終わるのを待っていると思うから、早く行こう」

「え？　オリフェドートに案内してもらったのでは？」

「君のお気に入りの場所は、君自身に案内してほしいんじゃないかな。さっきの場所で待ってるはずだよ」

そうだったのですね。待たせているのなら、早く戻らないと。

「では、先にシゼさん達のもとへ行きましょう。グレイ様もご一緒しますか？」

「いや……私はこれで」

リュセさんが毛を逆立《さかだ》てているのを見て、グレイ様は遠慮したみたい。同行してもグレイ様が気まずいだけだろうから、無理強《むりじ》いはしないでおこう。

リュセさんのほうをチラチラとうかがいつつ、グレイ様は囁《ささや》くように言う。

「……例の悪魔は、君のことをまだ探しているだろう？　気を付けたほうがいい」

「大丈夫です、私を見つけ出すことはないでしょうから」

この森を襲撃した悪魔は、私が封印をしたけれど、封印破りが得意なようで、呆気なく出てきてしまった。私は封印や結界系の魔法があまり得意ではないから、悪魔とすごく相性が悪い。

悪魔は、学園を目印にして、何度も私の前に現れた。けれども目印となる学園から相当遠い街で暮らしている今、悪魔が私の居場所を突き止める可能性は低い。

「あの悪魔の執着を侮《あなど》ってはいけない」

グレイ様は、油断するなと厳しく告げる。

悪魔は、人を惑わし唆《そそのか》す、邪悪な存在。けれど学園の生徒達には悪魔から身を守るための魔法がかけられていたから、私もあの悪魔に囚われることはなかった。

グレイ様の言葉に、ちょっとゾッとしてしまう。

「悪魔が再び現れた時には、私が対処をする。これで呼べば、どんな時でも駆け付けよう」

グレイ様が私の掌《てのひら》に載せたのは、楕円形のアメジスト。一見、よく磨かれた普通のアメジストのようだが、双玉《そうぎょく》の魔法がかけられているようだ。この魔法は連絡手段として用いられるもので、水晶などの石によくかけられている。二つの石を通信機のように繋げることができて、片方の石に念じれば、もう一方の石にも伝わるのだ。声を届けるのではなく、点滅したり熱を帯びたりするだけ。ただ、もう一方の石に導《みちび》くこともできるから、非常事態の際にはとても便利だ。

グレイ様なら、悪魔を完全に封印できるでしょう。

支えになりたいとは、このことだったのですね。

私は、ありがたく受け取ることにする。

「ありがとうございます。グレイ様」

「……いいんだ、君のためなら」

グレイ様が私の手を握ると、またリュセさんが唸《うな》り声を上げた。グレイ様はとっさに手を離して、顔を背ける。

リュセさんは不機嫌そうな表情を浮かべて、私の腰に尻尾を巻き付けてきた。そのまぐっと身体を引き寄せられて、驚いてしまう。

「その、また……会おう、ローニャ」

「はい。お元気で、グレイ様」

「……ああ」

グレイ様に別れを告げて、手を振る。するとリュセさんが私の身体をグイグイ引っ張るようにして歩き出したので、仕方なく前を向いた。

「そういえば、お二人は今までどこにいたのですか？　……まさか小動物を追いかけていたとか？」

「チセじゃないんだから……違うし」

リュセさんがむくれながら否定した。そうか、チセさんなら追いかけてしまうのですね。なら、どうしてはぐれてしまったのだろう。尻尾を巻き付けたまま隣を歩くリュセさんを見上げると、彼のライトブルーの瞳がセナさんを見た。私もセナさんに目を向ける。

「ラクレインと会ってた」

「あら……ラクレインと……」

セナさんが淡々と答えるから、私は思わず耳を澄ました。

「……チセさん、戦っていたりしませんよね」

「ラクレインは友好的だったから、その心配はないと思うよ」

荒々しい風の音は聞こえないので、セナさんが言う通り、大丈夫でしょう。それより……

「あの、リュセさん。……歩きづらいのですが」

もふもふを腰から外してほしいと、リュセさんに頼んでみる。ご機嫌斜めなリュセさんは、しぶしぶ尻尾を離し、かわりに私の手を掴んだ。そのまま手を繋ぐ形で歩くことになる。

大きな猫さんの手。鋭い爪が気になるけれど、決して私を傷付けたりしない。肌触りの良いふわふわの毛の中にある肉球が、私の掌《てのひら》にぴったりとくっついている。

「なんか……お嬢とこうして外を歩いてるのって新鮮だなぁ。ずっと店の中で会ってたもんな」

森を見上げるリュセさんは、機嫌が直ったみたいで、尻尾を大きく揺らした。

とその時、冷たいものが背後にぽふっと密着する。

「お嬢が食われた⁉」

「あ、森マンタのレイモンです。抱きついているだけですよ」

「もごもご言ってるけど⁉」

いえいえ、ヒレを動かしているだけで、決して食べているわけじゃありません。

リュセさんが大声を上げるから、レイモンは驚いてしまったようで、すぐに飛び去っていった。

「いろんな生きものがいるよなぁ、この森」

しばらく三人で歩いていくと、木の妖精が目に入った。

木の姿の彼らは、じっとしているとなかなか見つからない。けれど身体を軋《きし》ませてこちらを向いたので、気が付いた。空いているほうの手を伸ばすと、木の妖精も枝の手を伸ばしてくれた。こんにちは、と挨拶《あいさつ》する。

それからすぐに、最初に足を踏み入れた場所へ辿り着いた。そこでは、シゼさんとチセさんが獣人の姿で身体を横たえている。

チセさんは私達を見つけると、立ち上がって背伸びをした。

「もう済んだのか？」

オリフェドートも、まだ枝の上に座っている。私はチセさんとオリフェドートに向かって言った。

「はい。これからも、パーピー達が引き受けてくれるそうです。あ、それからグレイティア様にお会いしました」

「そ、そうか。グレイは何か言っていたか？」

オリフェドートの問いかけに、私は首を傾げる。

「あなたへの伝言は預かっていませんが……」

「そうではなくて……いや、もういい。あやつめ……せっかく我が計画したというのに」

オリフェドートは肩をすくめ、何かを呟いている。

「ふーん……なるほどね、そういうことか」

セナさんがオリフェドートに意味ありげな視線を送った。オリフェドートはビクンと身体を震わせたものの、すぐにそっぽを向いてしまう。

「ローニャ、例の場所に案内して。……ボスが起きればの話だけれど」

今の最優先事項は、目的の場所に皆を案内すること。セナさんに急《せ》かされて、私は横たわっているシゼさんを覗《のぞ》き込んだ。

てっきり眠っているかと思いきや、真っ黒な獅子さんの琥珀色《こはくいろ》の目はぱっちり開いていて、ちょっとびっくりしてしまう。

「お待たせしてすみません。行きましょうか？」

シゼさんは、黙ったままこちらに手を伸ばす。私はその手を取り、シゼさんが立ち上がるのを手伝った。

木の妖精達の間を通り、私は獣人傭兵団の皆さんをお気に入りの場所へ連れていく。

「なー、ローニャ」

後ろを付いてくるチセさんに、名前を呼ばれた。初めてだったから、ドキッとしてしまう。店長と呼ばないのは、お店の外だからでしょうか。

「お前って強いんだろ？」

「えっ」

突然の問いかけに、驚きの声を上げてしまう。動揺しつつ、そう思う根拠を尋ねようとすると、チセさんが「ぐえっ」と奇声を漏《も》らした。セナさんが彼の首根っこを掴んだからだ。

チセさんにはそれ以上何も言われなかったので、私も彼の問いかけに答えなかった。

そのまま無言で歩き続けていると、明るい光が目に飛び込んでくる。

暖かな光に満ちた、開けた場所。木々は大事そうに、その場所を取り囲んでいた。地面は一面緑で、ふわふわの草が風になびき、滑《なめ》らかに揺れている。

「ここです。横になると、とっても気持ちが良いですよ」

獣人傭兵団の皆さんに笑いかけながら、先に中心へ向かう。心地の良い陽射しの中、お陽様の香りが鼻をかすめた。

「へー良いとこだな。お、弾力がある」

周りを見回しながら、まずはリュセさんが陽だまりの中に入ってくる。他の三人も、それに続いた。

「はい。ベッドよりも、ふっかふかですよ」

私はその場に座り込み、草の中に手を押し込む。すると、目の前にシゼさんが横たわった。大きな猫さんが仰向《あおむ》けになる。豪快だ。

「あー気持ち良いー」

リュセさんも横になると、ゴロゴロ喉を鳴らして丸まった。

セナさんもチセさんも、思い思いに横になる。でもシゼさんを中心に、あまり離れてはいない。

微笑ましい光景に、私は目を細める。

その様子をもうしばらく眺めていたかったけれど、ロト達に会いに行かなくちゃ。

そっと腰を上げた私は、シゼさんに腕を掴まれた。バランスを崩してしまい、シゼさんの胸に飛び込むような形で倒れ込む。

シゼさんは、表情一つ変えずに言う。

「……まったりしていろ、ローニャ」

「は……はい……」

シゼさんの胸の上から慌てて離れて、上ずった声で返事をした。どうやら、お昼寝に誘われているらしい。

もふもふと添い寝してもいいってことですか？

シゼさんの隣に座り込んだまま、動揺して固まってしまう。

シゼさんは頭の後ろで腕を組み、すでに目を閉じていた。けれど、純黒《じゅんこく》の獅子さんらしく、隙があるようには見えない。

あたりを見回すと、青い狼のチセさんがいびきをかいているのが目に入った。お腹に片腕を乗せた体勢で、大きな口を開けている。こちらは無防備な感じだ。

チセさんのすぐそばには、仰向《あおむ》けになったセナさんの姿。片膝を立てて、腕で顔を覆《おお》っている。大きな耳はピンとしていて、草の中に埋もれた緑の尻尾の先がフリフリと少しだけ動く。

その左側には、白い尻尾をゆらゆら揺らす、リュセさん。彼の目はしっかり開いていて、白いもふもふした手で草を叩くと、にやりと笑いかけてきた。

「腕枕してやるよ？」

「え、遠慮します」

とっさに断ってしまう。添い寝はお願いしたいけれども、腕枕は恥ずかしいもの。

リュセさんは笑みを浮かべたまま、眠たそうに目を細めて、ゆっくり閉じた。

目の前で、もふもふ傭兵団の皆さんが眠ってしまった。

少し前までは、近付けばギロリと睨《にら》んできたというのに、今はなんの警戒もなく私の前で眠っている。気を許してくれた証《あかし》を、微笑ましく眺めた。

新しい友人とお気に入りの場所を共有するのって、なんだか不思議。

ここにいるだけで、私もうとうとしてしまう。

暖かくて、心から安らげる空間。

ちょっとだけシゼさんから離れて、私もふかふかな草に身体を沈めた。少し眩《まぶ》しいけれど、眠気のほうが勝る。お陽様と草の香りを嗅《か》ぎながら、穏やかな眠りに身を任せる。

その時、足音が聞こえてきた。だけど、目を開いて確認したりはしない。この森に、危害を加えるような住人はいないから、安心して眠れる。

慎重な足取りと、何かを引きずるような音。

きっとラクレインだ。

やがてその音はやみ、ファサッと何かをかけられた。ラクレインの翼だろうか。

ラクレインは、地面に垂れるほど長いその翼に触れられることを嫌う。だからこそ、私はラクレインの気遣いが嬉しくて、静かに微笑んだ。

幻獣の翼に包まれて、眠りの世界へ落ちていく。

ラクレインが深く息を吐くと、葉の揺れる音が広がっていった。子守唄のように心地良い音を聞きながら、私はそっと意識を手放したのだった。

第3章 ❖ 幸せな乾杯。

1　サクランボ祭り。

陽だまりの中で眠っていると、ふわふわ気持ちが良くて、心からリラックスできる。

その時、お陽様と草の香りとは違う匂いに気が付いた。

ふと、シゼさんの顔が思い浮かぶ。ああ、これはシゼさんの匂い。でも、シゼさんの匂いなんて嗅《か》いだことがあっただろうか。……そうだ、風邪で体調を崩した時、お姫様抱っこされたんだった。その際、シゼさんの匂いをすぐそばに感じた。

うっすら目を開くと、ゆらゆら揺れる、白いものが視界に入る。

ぱたん、ぱたん。

それは、草をリズミカルに撫《な》でる、白い尻尾。

それから、私の身体には黒い服がかけられているみたい。きっとシゼさんの上着だ。私にかけてくれたのでしょう。

あれ、だけど、さっきまではラクレインの翼に包まれていたような……

再び私は目を閉じて、身じろぎする。その時、首元を小さなものが転がっていった。「ふわっ」という可愛らしい声は、蓮華《れんげ》の妖精ロトのもの。寄り添ってくれているのかしら。耳を澄ませると、誰かの話し声も聞こえてくる。ああ、そろそろ起きなくては。

まだ眠っていたいけれど、ゆっくり目を覚まそうとする。

ぼんやり目を開ければ、再び白い尻尾が見えた。これは、リュセさんの尻尾だ。ぱたぱたと跳ねる尻尾の向こうには、琥珀色《こはくいろ》の瞳がある。この瞳の持ち主は、純黒《じゅんこく》の獅子さんで……

次の瞬間、その瞳と目が合って我に返った。

どうやら私は、つい無防備に眠り込んでしまったようだ。恥ずかしい。

慌てて起き上がると、ロト達がコロコロと転がり落ちた。ああ、ごめんなさい。目が回ったのか、ロト達は頭をフラフラと揺らしている。

「あ、お嬢、起きたぁ。ぐっすり寝てたぜ？　ロト達がよじ登っても、全然起きねーの」

そばに座っていた白いチーターのリュセさんが、笑いかけてきた。

お、お恥ずかしい。

空を見上げると、赤く染まり始めていた。もう夕方。そんなに眠ってしまっていたのですか。

周囲を見回すと、私以外はちゃんと起きている。

少し離れたところでは、人に似た姿を取ったラクレインと青い狼のチセさんが、何やら盛り上がって話している様子。初対面の相手にチセさんが笑いかけるなんて、意外。私が眠っている間に、どうやって打ち解けたのだろう。

セナさんもそのそばに座っているけれど、こちらに背を向けているから、何をしているのかわからない。

まだ横になっているシゼさんに目を向けると、森の仔猫フェーリス達も一緒だった。真っ白なフェーリス達は、シゼさんにぴったり寄り添ってお昼寝している。悪戯《いたずら》好きなフェーリス達がこんなにも大人しくしているところを、初めて見た。抱っこしても、じっとしていられない子達なのに……。

「なぁーなぁー、ローニャ。ラクレインと狩りに行ってくるからよー、夕飯作ってくれよ！」

はしゃいだ様子のチセさんが、私に声をかけてくる。

どうやら、狩りの話をしていたみたい。シゼさんの上着をたたみながら返事をしようとすると、先にセナさんが口を開いた。

「駄目だよ。夕飯は、セスが用意して待ってるんだから」

セスさんという名前は、前にも聞いたことがある。セナさんの弟さんのことだ。

セナさんがこちらに身体を向けると、彼の膝の上にロトともこもこが乗っていることに気が付いた。

赤みの強い茶色の毛を持つ、綿毛の妖精フィーだ。クルンとした毛はもこもこしていて、トイプードルに似ている。

フィーはつぶらな黒い瞳で私を見ると、よちよちと短い脚で歩み寄ってきた。

目を閉じて鼻先を上げるフィーに、私も顔を寄せる。すりすりーと顔を振って鼻をこすり合わせるのが、フィーとの挨拶《あいさつ》。

「あー！　お嬢、それ、オレともやろうよ！」

そばで見ていたリュセさんがそんなことを言い出したので、私は驚いてしまった。

「えっ」

私が動揺していると、フィーがキョトンとした表情を浮かべつつ、リュセさんによちよち歩み寄っていき、挨拶《あいさつ》しようとする。

「いや、お前じゃなくて。さっき、もうしただろ。ほれ、すりすりー」

リュセさんは無邪気に笑うと、尻尾でフィーの鼻先をくすぐった。フィーは喜んで、ギュッと尻尾に抱きつく。

妖精と戯《たわむ》れる獣人さん。微笑ましい光景に、私は目を細める。

フィーを充分くすぐったリュセさんは、私とのスキンシップを諦めていないようで、こちらに身を乗り出してくる。

「ほら、お嬢。しようぜ?」

トイプードルそっくりなもこもこにすりすりするのと、不敵な笑みを浮かべるチーターさんにすりすりするのは別もの。どぎまぎしつつ身を引くと、チセさんの声が飛んできた。

「ふざけんなリュセ! お前ばっか、じゃれやがって!」

「うっせー、チセ。あ、お前が怖い顔するから!」

チセさんに驚いて、フィーがこちらに駆けてくる。すぐそばで転がっていたロト達も、私の服にしがみ付いた。

とその時、白い羽根が集まってくる。風に舞う羽根はリュセさんの周りを旋回し、驚いた彼が「うわっ」と言いながらひっくり返る。

風をまとった羽根はそのまま私のほうへ向かってきて、私の身体を持ち上げた。やがて私が運ばれたのは、ラクレインの膝の上。こんなことをされたのは、初めてだ。

私の膝の上では、ロト達とフィーが手足をパタパタ動かしてはしゃいでいる。

「パーピー達は、無事仕事を終えたようだ。今は、満足げに寝ている。悪かったな、煩《わずら》わせて」

ラクレインが翼で示した場所には、布袋いっぱいに詰め込まれたコーヒーチェリーの実。その近くにいたセナさんが、袋をこちらに持ってきてくれる。

「まぁ……こんなに」

「これで君のコーヒーが飲めなくなるっていう非常事態は、回避されたね」

セナさんはそう言いながら、フィーの顎《あご》の下を撫《な》でた。フィーは気持ち良さそうに目を細める。とろんとした可愛い表情だ。

「綿毛の妖精なんだってね」

「ええ、フィーと言うんです。繭《まゆ》にそっくりな綿毛の植物がありまして、フィーはそれを育てて絹のような布を作り出せます。この袋も、フィーが作ってくれたんですよ」

私は、フィーの頬の毛をそっと摘まんで伸ばす。手を離すと、それはクルンと元の位置に戻っていき、ロト達が興味深そうに目を輝かせる。

「ねぇ、ローニャ」

「はい？」

セナさんが声を潜《ひそ》めて、身を屈《かが》めてくる。彼はそのまま、鼻がくっつきそうなくらい近くまで顔を近付けた。

「た、て、が、み。今がチャンスだよ」

鬣《たてがみ》といえば、シゼさんだ。

シゼさんに目を向けると、まだフェーリス達と横になっている。

とその時、大きな声を上げたのはリュセさんだ。

「なんでセナが近付いても身を引かないんだよ!?」

「え……えっと……」

「リュセもチセも、がっつくのが悪いの」

セナさんはフィーを持ち上げて、さらに続ける。

「どさくさにまぎれて、早く」

すると、真後ろから「ほーお……」という声が漏《も》れた。そして優しい風が巻き起こり、私の身体はふわりと立たされた。振り返れば、ラクレインまで行ってこいと言わんばかりの表情だ。

背中を押されてしまったなら、行くしかない。むくれたリュセさんとチセさんを横切って、シゼさんのそばにしゃがみ込む。

シゼさんは私に目を向けることなく、お腹の上のフェーリスを撫《な》でていた。とっても気持ちが良いみたいで、フェーリスはゴロンとひっくり返る。だらんとした姿も、また可愛らしい。

大きな黒い獅子さんの上でくつろぐ、白い仔猫。たまらないほど、キュンとしてしまう。私もフェーリスを撫《な》でる。耳を摘まむようにしてくすぐると、だらしなく口を開けるものだから笑ってしまいそうになる。私は、もう片方の手で口元を隠した。きっと今、緩みきった顔をしているだろうから。

他のフェーリスも撫《な》でていたら、冷たい風に包まれた。振り返ると、ラクレインとセナさんの姿が目に入る。そっちじゃないだろ、と言われている気がした。

そうね、目的はシゼさんの鬣《たてがみ》だった。

まったく私を気にしていない様子のシゼさんをちらちら見て、タイミングを計る。

シゼさんの腕に寄り添っているフェーリスの背中をマッサージするように指を滑《すべ》らせて、ボリュームのある尻尾を撫《な》でた。もう一方の手は、草の上を滑《すべ》らせて、黒い鬣《たてがみ》に近付ける。

すべての光を呑み込んでしまったような、純黒《じゅんこく》の鬣《たてがみ》。ふわふわした毛先に触れるまで、あと数センチ。

「……」

やっぱり無理です、セナさん！

手を引っ込めて、私は小刻みに首を振る。獅子さんに許可なく触る度胸なんて、私にはありません！

すると、ラクレインの風に額を小突かれた。いいからやれと言われた気がする。

戸惑いながら視線を移せば、小さなロトを見つけた。どうやら彼も、鬣《たてがみ》に触りたいらしい。少し緊張した表情のロトは、私を見上げつつ、恐るおそるシゼさんに近付いていった。小さなお手てを伸ばしながら、とてとてと歩を進め、黒い獅子の鬣《たてがみ》を目指す。

けれど次の瞬間、ふわふわの草に足をとられてつまずいてしまう。ロトの小さな身体は、シゼさんの鬣《たてがみ》の中にすっぽりと埋まった。シゼさんの目がそちらに向けられて、私はビクッと震える。一方のロトは、鬣《たてがみ》から脱出するなり、てくてくてくてくーとラクレインのもとまで逃げていく。

一部始終を見ていたチセさんとリュセさんは、「なんなんだ」と呟いている。セナさんは顔を背けて震えているから、笑っているのかな。

「帰るか……」

そう言って起き上がる、シゼさん。うっ……鬣《たてがみ》はまた今度。

シゼさんから下りたフェーリス達は、ググッと背伸びをして、私を見上げてくる。それから息ぴったりに私に飛び付いてきて、ぐるりと身体中を駆け回り走り去っていく。いつものフェーリス達だ。

ああ、また身体中に毛を残されてしまった。ラクレインの風が荒々しくそれを払ってくれたけど、おかげで髪はぐしゃぐしゃ。これもいつものことだ。

そんな私を見て、リュセさんもチセさんも笑った。

乱れた髪を軽く直していたら、純黒《じゅんこく》の手が差し出される。シゼさんだ。その手を借りて、私はゆっくり立ち上がる。

「では、帰りましょうか」

シゼさんに笑いかけてから周りを見ると、リュセさん達も立ち上がった。

「そうだ、明日はサクランボを多めにお願いします」

ロト達にそうお願いしておく。ラクレインの膝に乗った彼らは、元気よくビシッと敬礼した。

「サクランボで何を作るんだ？　店長！」

チセさんはフリフリと尻尾を振り、尋ねてくる。いつの間にか、店長呼びに戻ったのね。

「来週いっぱいまで、サクランボフェアを開催しようと思っていまして。苺《いちご》やラズベリーも合わせて、サクランボづくしのケーキを揃えるつもりです」

シゼさんの好きなチョコレートケーキと組み合わせても美味《おい》しそう。ラズベリーとサクランボの甘酸っぱいムースケーキなら、甘いものが苦手なリュセさんでも気に入ってくれるかしら。甘いもの好きのセナさんと、果物好きなチセさんには、サクランボをたっぷり敷き詰めて粉砂糖を振りかけたケーキを作りたい。

「パーピー達には、後日お礼を伝えますね。それでは、また会いましょう」

ラクレインと妖精達に挨拶《あいさつ》をする。ロト達もフィーも、小さな腕を必死に振ってくれた。オリフェドートにも挨拶《あいさつ》をしたかったけれど、ラクレインが「伝えておく」と言ってくれたので、このまま帰ることにする。

獣人傭兵団の皆さんは、このあと仕事があるから。

私は地面を軽く踏み鳴らし、魔力を込めて魔法陣を描く。すぐそばに立つシゼさん達が入るくらい、大きな陣。そこから白い光が溢《あふ》れ出て、私達の身体を包み込んだ。

次の瞬間、深い緑の森から、こぢんまりとした喫茶店に景色は変わっていた。西の窓からは、夕陽が射し込んでいる。

「今日の分だ」

シゼさんはそう言って、私の掌《てのひら》に金貨を一枚握らせた。

「超楽しかった！　また行こうぜ、お嬢」

機嫌良く声を弾《はず》ませて、リュセさんは店を出ていく。

「サクランボのケーキ、絶対食べるから売り切れにするなよ！　店長！」

「はい」

チセさんはそう釘を刺して、リュセさんに続いた。

シゼさんは「ごちそうさん」と呟き、店をあとにする。

最後のセナさんは、私をじっと見つめてきた。

「すみません、また鬣《たてがみ》を触れなくって」

そのことについて話したいのかと思ったけれど、違ったみたい。セナさんは、少し考え込んだあとに口を開いた。

「悪魔が君を狙っているらしいね。見つからないって高を括《くく》っているみたいだけれど……もしも見つかった時は、僕達に助けを求めていいよ」

私は、少なからず驚く。きっとセナさんは、グレイ様の口から悪魔なんて物騒な言葉が出てきたから、心配してくれたのでしょう。私なら大丈夫だと言おうとすると……

「君は大丈夫だって言うと思うけれど」

セナさんは私の言葉を制止するように、言う。

「いつでも僕達が味方になるってこと、覚えておいて」

カランとベルを鳴らして、セナさんはドアから出ていく。

一人残った私は、首を傾げた。

悪魔退治に雇ってくれという意味でしょうか。でも、最強の傭兵団を雇うほどのことではない。相手は一人。この店には悪魔が入れないよう結界を張っているし、万が一見つかっても自分で対処する自信はある。……もっとも、結界も封印も、不得意だけれど。

あ、そうだ。もしかして、グレイ様と同じく、支えになりたいって意味かしら。看病をしてくれたり、一緒にまったりしてくれたり、心配してくれたり。こんなにも私を気遣ってくれることに、笑みが零《こぼ》れてしまう。

私は、急いでドアを開けて外に出る。そして彼らの背中に向かって声をかけた。

「またのご来店、お待ちしております！」

黒い獅子さんはこちらを一瞥《いちべつ》し、チセさんはブンブンと手を振ってくれる。リュセさんは小さめに手を振り、セナさんは背中を向けたまま手を上げて見せる。

私は、そんな彼らが茜色《あかねいろ》の街の向こうに消えるまで、大きく手を振り続けたのだった。


——翌日。

さっそく開催したサクランボづくしのフェアは大好評だった。

「ローニャちゃん、これ美味《おい》しいよ」

「ありがとうございます」

「店長さん、お持ち帰りで一つください。それから、ホールケーキの予約もお願いできますか？」

「はい、かしこまりました」

ケーキの売り上げも、大幅アップだ。

用意したケーキは、七種類。チョコレートソースのケーキ、ショートケーキ、タルト、ムースケーキ、チーズケーキ、それからラズベリーのミニケーキとフォンダンショコラ。もちろん、すべてにサクランボがたっぷり使われている。

こんなにたくさんのケーキを作ることができたのは、熟したサクランボをたくさん摘んできてくれたロト達のおかげ。

「んー！　美味《おい》しい！　このサクランボとラズベリーのミニケーキ、最高！」

「見た目も可愛いしね！」

「ありがとうございます、サリーさん、ケイティーさん」

カウンター席に座るこの二人は、お店の常連さん。褒め言葉をいただいたので、お礼を返す。

うーん、それにしても、予想以上の人気だ。チセさん達の分のケーキをちゃんと残せるかしら。

ちょっと不安に思いつつ、午前の仕事を終えてちょっと一息。

この時間帯からは、店内を利用するお客さんはほとんど来なくなる。午後は、獣人傭兵団の皆さんが来るからね。街の皆さんは、彼らを恐れているのだ。

洗いものを片付けて、ケーキの在庫を確認する。うん、これだけ残っていれば、チセさん達の喜ぶ顔が見られるでしょう。

とその時、店のドアからベルの音が聞こえてきた。

「いらっしゃいませ」

「お嬢ー！　いつものー！」

最初に入ってきたのは、白いお耳と尻尾が生えた、キラキラなイケメン。半獣姿のリュセさんだ。

両腕を広げて抱きつこうとしてきたので、サッと身を引いて避ける。

リュセさんの後ろには、チセさん、セナさん、シゼさんの姿。

リュセさんはカウンター席、他の皆さんはテーブル席に腰を下ろし、いつもと同じメニューを頼む。

ボリュームたっぷりのベーコンステーキは三人分。リュセさんはミルク少なめのラテ、シゼさんはコーヒー、チセさんは果物のジュースがお気に入り。

一人だけサンドイッチを注文するのは、他の皆さんよりちょっと小食なセナさんで、飲みものはラテだ。

ステーキの準備に入る前に、皆さんのテーブルへ飲みものを運ぶ。ちなみに本日の果物のジュースは、サクランボのジュースだ。チセさんは青い尻尾を激しく振っていたので、気に入ってもらえたらしい。

ブロックのベーコンをどんどん焼いていき、その合間にサンドイッチも作る。そして皆さんのもとへ配膳すると、チセさんが勢いよく食べ始めた。これも、いつも通りの光景。

メインの食事が終わるまでの間、私は少しだけのんびりさせてもらう。

やがて皆さんの食事が終わり、真っ先にチセさんが声を上げた。

「で!? サクランボケーキは!?」

チセさんは、目を爛々《らんらん》と輝かせている。

「いろいろあるのですが……何になさいますか？」

残っているサクランボのケーキの種類を教えると、チセさんはしばらくの間考え込み――「全種類食う！」と一言。果物好きで大食らいな、狼さんらしい答えだ。

「オレはフォンダンショコラ」

「オレ、ムースケーキ」

「僕もボスと同じフォンダンショコラをお願い」

シゼさんとセナさんはフォンダンショコラ、リュセさんはムースケーキをご所望とのこと。

「かしこまりました」

注文を受けた私は、さっそくキッチンへ向かい、それぞれのケーキを取り分ける。全種類ご所望のチセさんのケーキは、大きめのお皿に並べた。

準備を終えて皆さんにケーキを配膳すると、リュセさんがしみじみとした様子で口を開く。

「こうして見ると、お嬢が一人で作ってるなんて、大変そうだな」

「いえ、ロト達と楽しく作っているので」

私が微笑んで返すと、リュセさんは「そっか」と頷き、ケーキを口に運んだ。

「お、美味《うま》っ」

リュセさんは目を見開き、尻尾をピンっと立てる。

大きな声を上げるのは、チセさん。サクランボたっぷりのタルトにかぶり付き、ご満悦の表情だ。

「うっめー!!」

「いいな、サクランボ祭りもいいな!」

ご機嫌な様子のチセさんが微笑ましくて、私はつい笑みを零《こぼ》してしまう。

ふとシゼさんを見てみると、彼はいつも通り、もくもくと食べていた。そんなシゼさんの心の内を代弁するように、セナさんが口を開く。

「へぇー。サクランボソースを使っているんだ。このフォンダンショコラも美味《おい》しいよ」

「だな!!」と賛同するチセさん。

その時、シゼさんの琥珀色《こはくいろ》の瞳と目が合った。にっこり笑みを深めれば、シゼさんは無言で頷く。美味《おい》しい、ということでしょうか？　ふふ、嬉しいです。

「なーなー！　お嬢！」

リュセさんに呼ばれて、カウンター席の彼のそばに近付く。

手袋を外したリュセさんは、サクランボの茎を指で摘まんでニヤリと笑った。

「これ、できる？」

そのまま茎を口の中に放り込み、もごもごするリュセさん。彼は、すぐに口から茎を取り出した。その茎には、結び目が付いていた。

「これができる奴は、キスがうまいんだってー」

リュセさんはそう言って、まただ不敵に笑う。

ああ、前世で聞いたことがある。この世界でもあるのか。ふふふ、なんだか、おかしい。

「そんなの簡単だろ！　……ん……んんっ」

さっそく挑戦してみるチセさんだけど、苦戦しているようだ。

「ん。簡単だね」

セナさんのほうに目を向けると、彼の掌《てのひら》には結ばれた茎があった。

セナさんはクリア。

「あっ！　できた！　どうだ⁉」

大きく口を開いてべーッと舌を出し、結んだ茎を見せてくれるチセさん。彼もクリアした。

残るシゼさんはどうかしら。

思わず目を向けると、フォンダンショコラを食べ終えたお皿の上に、結ばれた茎がちょこんと一つ。シゼさんも、いつの間にかクリアだ。

「皆さん、器用なんですね」

のほほんと微笑む私に、リュセさんはニヤニヤしながら言う。

「お嬢もやってみなよ」

「いえ……私は遠慮しておきます」

これでも、元貴族令嬢。一度口に入れたものを出すという行為は、恥ずかしくてできません。

「できないんだー？」

リュセさんが頬杖をつきながら、からかってくる。

「はい、できません」

私はきっぱりと告げる。

するとリュセさんはつまらなそうに唇を尖らせつつ、首を傾げた。

「ふーん……。てかさぁ……お嬢ってキスしたことある？」

「……」

その時、私の脳裏をよぎったのは、シュナイダーとのファーストキス。サクランボのように爽やかな甘さを伴った、思い出のキス。

甘くて苦い初恋が蘇《よみがえ》り、ポッと頬に熱が灯る。多分、目に見えて赤くなっているだろう。

「……ケーキのおかわり、どうですか？」

私は話題を逸《そ》らすことにした。

「え、何その反応。ちょっと待って。気になんだけど」

リュセさんが身を乗り出しながら尋ねてくるけれど、私は笑顔で誤魔化《ごまか》す。

「コーヒーおかわり」

「はい、シゼさん。ただいまお持ちしますね」

「ちょっとお嬢、お嬢ー」

笑みを浮かべたままキッチンへ逃げ込み、コーヒーのおかわりを準備する。

その後もリュセさんは気になって仕方がないようで、私の身体に尻尾を巻き付けながら、何度も尋ねてきた。私はそれを笑顔で流し続け……

最終的にリュセさんは、セナさんに引きずられて帰っていったのだった。

――翌日の朝食は、サクランボと苺《いちご》のジャムを添えた、ふわふわのホットケーキ。ロト達は大喜びで食べてくれた。

「あーい、あい！」

朝食と掃除を終えると、次はケーキ作り。今日もロト達がたくさんのサクランボを摘んできてくれたから、張り切ってケーキを仕上げていく。

キッチンの棚に並んで座るロト達は、サクランボのマシュマロを抱えながら賑《にぎ》やかに歌っている。

「あーい、あい！　あーい、あい！」

皆リズムに合わせて頭を揺らしていて、その揃った動きがとても愛らしい。

作業台の上で飾り付けを手伝ってくれるロト達も、ちっちゃな口を開けて楽しそうに歌う。

「あーい、あい！　あーい、あい！　あーん……」

歌の途中で、棚の上の合唱団がマシュマロにかぶり付いた。皆一斉にもぎゅもぎゅ食べる姿が可愛くて、思わず笑ってしまう。

とその時、ドアのベルがカランカランと鳴り響いた。営業時間前の来客に、ロト達は身体を震わせて慌てふためく。

店内に顔を出すと、そこには上品なおじ様と青年が立っていた。

私のお祖父様《じいさま》と、護衛のラーモだ。

「お祖父様《じいさま》！　おはようございます」

嬉しくって、お祖父様《じいさま》の胸に勢いよく飛び込む。

お祖父様《じいさま》は「おはよう」と優しく言い、抱きしめ返してくれた。

「ラーモも、おはようございます」

いつもはしないけれど、ラーモにもハグして挨拶《あいさつ》。

「……な……なぜ……」

ラーモは、驚愕《きょうがく》の表情を浮かべて固まってしまう。

「んー……二人が来てくれたことが嬉しくて、つい」

「もっ……」

「も？」

「もったいないですっ……！」

「な、泣いてるの？」

「感動のあまり涙がっ……申し訳ありませんっ！」

崩れ落ちるように膝をついたラーモは、目に涙を浮かべている。そしておろおろする私の右手を、ガシッと握った。

「敬愛しております……ローニャお嬢様」

「ありがとうございます……」

片膝をついたまま頭を下げるラーモに、苦笑を漏《も》らしてしまう。そんなに畏《かしこ》まらなくてもいいのに。

「あの、もしよろしければ、朝食を食べていってください」

二人に向かって提案すると、お祖父様《じいさま》が残念そうな表情で答える。

「すまない、今日は顔を見に来ただけなんだ。ロバルトが目を光らせていてね……長居は難しい。それにしても、元気そうで良かった」

ロバルトお兄様の名前が出てきて、私はハッとした。お祖父様《じいさま》は私の頬に手を伸ばし、皺《しわ》の刻まれた優しい手でそっと撫《な》でてくれる。

お祖父様《じいさま》は、前にいらした時も、兄が私を探していると言っていた。兄にこの場所を突き止められることだけは避けたい。

残念だけど、仕方ない。

私は、お祖父様《じいさま》に向けて微笑みを返す。

「友だち、できました」

「そうか……今度ゆっくりと聞こう」

たくさん話したいことがある。獣人傭兵団の皆さんのこと、優しい方達に看病してもらったこと、精霊の森に行ったこと。

早く話したい。でも、もう少し我慢しよう。

「あ、お祖父様《じいさま》。サクランボのケーキだけでも持って帰ってください。お店では、サクランボフェアの最中なんです。それから次にいらした時には、新メニューの味見を是非お願いします！　今、カクテル作りに挑戦していまして……」

お祖父様《じいさま》に話しかけながら、パタパタとキッチンに戻る。

新メニューのカクテルは、他の人の意見を聞いてから、獣人傭兵団の皆さんに出したいと思っていたのだ。お祖父様《じいさま》は「もちろん」と快諾してくれる。

完成したばかりのケーキをホールごと箱に入れていたら、キッチンの棚からこちらをうかがっていたロト達が「あー！」と叫んだ。どこかショックを受けた様子で、口をあんぐりと開け、こちらを涙目で見つめている。

「あなた達の分はちゃんとあるわ」と笑って伝えれば、安心したように息を吐くロト達。

店内に戻り、ケーキの入った箱をラーモに手渡していると、お祖父様《じいさま》が思い出したように言う。

「友だちといえば……レクシー嬢が、君の居場所を知りたいと訪ねてきたよ」

「えっ？　レクシーは帰国したのですか？」

レクシーはご両親の仕事の都合で学園を休学し、隣国に滞在していた。荒くれ者が多いという隣国ではなく、オリエンタルな文化を持つ別の隣国だ。なんでも空を駆ける龍を日常的に見ることができるそうで、一度でいいから行ってみたいと思っている。

ご両親の仕事の都合で、あとしばらくは帰ってこられないと聞いていたのに。もしかすると、私を心配して帰国してくれたのかもしれない。

「彼女になら話してもいいかと思ったのだが……シュナイダーも一緒だった。それに、ロバルトの手の者がちょうど家の周囲を見張っていて、教えられなかったんだ。しばらくの間、レクシー嬢の動きも見張られるだろう……接触しないようにしたほうがいい」

「はい、お祖父様《じいさま》。もしまたレクシーが訪ねてきたら、少し待ってほしいと伝えていただけますか？」

「わかった。ケーキ、ありがとう」

温かい笑みを浮かべて、お祖父様《じいさま》は言う。その隣で、ケーキの箱を持ったラーモが静かに頭を下げた。

二人は、別れの言葉を告げて店を出ていく。私はキッチンに戻り、サクランボのケーキをうっとり眺めているロト達に笑みを向けた。

「さぁ、皆。ケーキを持って帰っていいわよ」

するとロト達は大喜びで飛び跳ね、皆で協力しながらケーキを運びつつ、森へ帰っていった。

ロト達を見送ったあと、私はお店のカウンターテーブルに置かれた砂時計の位置を少しだけ動かす。そしてその隣に、グレイ様からもらったアメジストを置いた。もし外出する時は、忘れずに持っていくようにしなくちゃ。

私は最後に店内の様子をもう一度確認して、オープンの看板を出した。すると、さっそく朝食とコーヒーを求めるお客さんでいっぱいになる。

不思議なことに、体調を崩す前よりも接客がスムーズになっているような気がした。注文されたメニューを、世間話をしながら調理して配膳する。この時間帯は、ケーキよりもサンドイッチやオムレツなどが人気だ。

けれど、しばらくすると女性のお客さんが中心となり、ケーキの注文がどんどん増える。テイクアウトのお客さん、予約したケーキを取りに来るお客さんもいて、大忙しだ。

そしてお昼になると、客足がぱたりと途絶える。もうすぐ獣人傭兵団の皆さんが来る時間。

私は一息つき、サクランボの紅茶を啜《すす》った。爽やかな甘みが口いっぱいに広がって、ほっこりする。今日のランチは、サクランボとラズベリージャムを添えたスコーン。我ながらなかなかの出来だと満足し、美味《おい》しくいただく。

ランチを食べ終えたあとは、読書の時間。

……獣人傭兵団の皆さんはまだ来ない。

私はカウンター席に腰を下ろし、読みかけの本のページをそっと開いた。

しばらくページをめくっていると、店内の床の中央にきらきら光る円が現れた。その円からは、ロト達が数人出てくる。どうやら、セナさんに会いに来たみたい。

彼らにはマシュマロを渡し、読書を再開する。ロト達は、ドアのほうをじっと見つめながら、ベルが揺れるのを待っている。

それから、どのくらい時間が経っただろう。

いつもなら、とっくに来ている時間。

だけど、獣人傭兵団の皆さんはまだ来ない。

……気が付くと、店の外が茜色《あかねいろ》に染まり始めていた。ロト達は退屈しすぎたのか、うとうと眠そうだ。私は読み終えた本をカウンターに置き、椅子に座ったままぐっと腕を伸ばす。そして店のドアを開けて、何気なく目の前の道を眺める。

獣人傭兵団の皆さんは、まだ来ない。

……この時間になっても来ないなんて珍しい。あともう少ししたら、来るかしら。

そんなことを考えつつ、店に戻ったのだけれど――結局、獣人傭兵団の皆さんは姿を現さなかった。

2　約束と祈り。

獣人傭兵団の皆さんに、何かあったのだろうか。

彼らは、隣国から流れてくる荒くれ者を相手に、国境線を守っている。あれだけ強い彼らのことだから、大丈夫だとは思うけれど――

大怪我を負って、動けなくなってしまったのかもしれない。あるいは、何か別のトラブルに巻き込まれたとか？

……もしかして、悪魔の仕業？

この間、悪魔について忠告を受けたせいか、急に不安が膨《ふく》らんでしまう。

この場所を見つけられるわけがないと思っていたけれど、実はもう見つけていて、私と親しくしている獣人傭兵団の皆さんの命を狙おうとしているとか――

私はいてもたってもいられなくなり、カウンターでうとうとしているロト達に声をかける。

「お留守番をお願いします」

そのまま店を飛び出し、スカートの裾を押さえながら早足で進む。街を出てから浮遊魔法を使えば、きっと彼らを見つけられるはず。

ああ、しまった。双玉《そうぎょく》のアメジストを置いてきてしまった。もし本当に悪魔の仕業なら、グレイ様を呼ぶべきなのに。

けれど、引き返すのも時間のロスだし……。

そんなことを考えていると、背後から声をかけられた。

「あっれー、店長さんー？」

パッと振り返った先にいたのは、個性的な装《よそお》いの美少女。彼女も常連さんの一人で、名前はセリーナさんと言う。

今日の彼女の服装は、ブラウンのチェック柄のショートパンツに、ロングブーツ姿。ハンチング帽も被っていて、ボーイッシュながらも可愛らしいスタイル。

「そんなに急いでどうしたのー？」

「あ、いえ、そのっ」

思わず口ごもると、セリーナさんは首を傾げて尋ねてきた。

「今日は、お店に獣人傭兵団は来てないの？」

「ええ、まあ……」

「ふーん。じゃあ、サクランボのケーキを買いに行きたいんですけど……まだありますか？」

その問いかけに、一瞬悩んだものの、私は笑顔で対応することにした。

「はい、ありますよ」

――そうして結局、セリーナさんと一緒にお店に戻ってきてしまった。

留守番をしていたロト達は、セリーナさんを見た途端、カウンターの陰に隠れる。

「どのケーキになさいますか？」

「どれも欲しーけど……チョコのやつとタルトをください！」

「かしこまりました」

箱に入れたケーキを手渡すと、セリーナさんは嬉しそうな笑みを浮かべた。

「ありがとう、店長さん！　まったねー」

「こちらこそ、ありがとうございました。またのお越しをお待ちしております」

セリーナさんを笑顔で見送り、店のドアが完全に閉まったところで、カウンターに突っ伏す。

……いてもたってもいられず飛び出したけれど。

もしかしたら、今日はお店に来る気分じゃなかったのかもしれない。

そう思い至ったのは、つい先ほど。

毎日のように来てくれていた彼らだけれど、それだけ頻繁に来ていたら飽きてしまうだろう。

……当分、来てくれないのでは？

そんな考えが頭をよぎり、気持ちがますます沈み込む。

とその時、髪の毛をくいくいと引っ張られた。顔を上げると、心配そうな表情のロト達の姿が目に入る。

「……残りものでよかったら、持って帰って。今日は、もう店を閉めて休むわ」

私は、ロト達に力なく笑いかける。

それから軽く片付けをして、店を閉めた。

――その日の夜、寝支度を終えて机に向かう。そしていつものように日記を書こうとしたのだけれど、気持ちがまとまらない。

何気なく前のページをめくると、獣人傭兵団の皆さんのことばかり書かれている。それらを見ていたら、涙が込み上げてきた。

結局、彼らが来なかったとだけ書いて日記を閉じる。それからベッドに潜《もぐ》り込み、目をつぶったのだけれど……なかなか眠りにつくことができなかった。

——翌朝、開店の手伝いに来てくれたロト達は心配そうにしていた。気を遣わせてしまったことが申し訳なくて、私はいつも以上に元気に振る舞う。

その後、忙しい午前の接客を終える頃には、心も穏やかになっていた。

……お店に来るか否《いな》かは、お客様が決めること。私が口出しできることではないし、来なかったからといって落ち込む必要なんてない。

そう気持ちを切り替え、軽くランチを済ませたところで、ドアのベルがカランカランと鳴った。

「おっじょー！　いつものお願いー」

元気よく店に入ってきたのは、白い髪がさらさらと揺れる、魅力的な青年。……人間姿のリュセさんだ。

私は思わずポカンと口を開けて、立ち尽くしてしまう。

「……ん？　何、お嬢。どした？」

ライトブルーの目を丸くして、リュセさんは私を覗《のぞ》き込む。

そんなリュセさんの後ろを通り、シゼさん達はいつもの席へ向かう。

漆黒の髪をオールバックにした長身の男性シゼさんは、一番奥の席にどっかりと座った。厚い唇がやや突き出されていて、機嫌が悪いように見える。

その向かいに腰を下ろしたのは、青い髪の青年チセさん。隣のテーブル席には、本を手にした緑色の髪の青年セナさんが座る。

「……いらっしゃいませって言わないの？　店長」

本を開いたセナさんは、こちらの様子をうかがうように問いかけてくる。

片手でくしゃくしゃと漆黒の髪をかき上げながら、シゼさんも低い声を出した。

「どうかしたのか？」

「……いらっしゃいませ」

私は、なんとか声を絞り出す。すると、皆さんが怪訝《けげん》な表情を浮かべた。

「大丈夫かよ、店長」

心配そうに尋ねてくるチセさん。リュセさんも、「また具合が悪いの？」と顔を覗《のぞ》き込んでくる。

「いえ……そういう、わけでは……」

もごもご口ごもりつつ、皆さんの追及の視線からは逃げ切れず、私は白状することにした。

「……昨日、皆さんが来なかったので、今日も来ないのかなって……」

「は？」

ライトブルーの目を見開いて、リュセさんは大きな声を上げる。それから、喉を震わせて笑い出した。

「あー、昨日は敵を深追いしちまってさ。街に戻ってきた時には夕方近かったし、飯を食うより眠りたくってさー。帰って寝てたんだよ」

その言葉に、身体から力が抜けていくような気がした。

……そうだったんですね。

眠たかったから、昨日はまっすぐ家に帰った。お店に飽きたからではなかった。

先ほど、気持ちを切り替えたつもりだったけれど、やっぱりどこか引っかかっていたみたい。リュセさんの言葉を聞いて、心から安堵してしまった。

「何なに？　お嬢ったら、寂《さび》しかった？」

リュセさんがからかうように言う。

「……はい、寂《さび》しかったです」

正直に答えると、リュセさんが目を丸くした。

「え、お嬢がデレた」

「るせーよ、リュセ」

「話の腰を折らないでよ」

チセさんとセナさんが、リュセさんに鋭い視線を向ける。

「ごめんね。心配かけた？　顔だけでも出すべきだったね」

セナさんが謝ってくれるけれど、皆さんは悪くない。私は首を横に振る。

「いえ、いいのです。睡眠は大事です」

気が緩んだ私は、言うつもりのなかったことまで口にしていた。

「もしかしたら私を狙っている悪魔と遭遇して、大変な目に遭《あ》っているのではないかと心配になって……ですが、思い直したんです。ただ単に、お店に来る気分ではなかったのかもしれないと。毎日来ていたら飽きてしまいますし、たまには他のお店で食事をしたいと思うことだって……」

とそこで、チセさんが私の言葉を遮《さえぎ》る。

「あのなー、店長。オレ達を優遇してくれる店は、ここだけなんだぜ？　ステーキもケーキも美味《うま》いんだし、他の店なんかに行くわけねーだろ」

頬杖をついて、呆れたように言うチセさん。

「つか、悪魔だろうがなんだろうが！　負けねーから、オレ達！」

「そうそう、お嬢。心配は嬉しいけど、オレ達は強いんだから、悪魔だって倒してやるよ」

リュセさんの手が私の頭に伸びてきて、優しく髪を撫《な》でられる。

「明日もちゃんと来るって、約束する。だから、いつもの可愛い笑顔でいらっしゃいませって出迎えてくれよ。な?」

ライトブルーの目を細めて、甘い笑みを浮かべるリュセさん。

窓から射し込む光で、純白の髪が艶《つや》やかに輝く。そのキラキラした髪の間から覗《のぞ》くのは、とても綺麗な顔立ちだ。

優しく頭を撫《な》でられて、彼が年上だと思い知る。普段は猫なで声で甘えてくるから、年上だって実感がなかった。

リュセさんが一番モテる理由についても、改めて理解する。こんなに端整な容姿で甘く微笑まれたら、女性はイチコロだ。

私は動揺を隠しつつ、リュセさんの言葉に頷いた。

「はい……約束ですよ」

キラキラしたリュセさんを直視できず、唇をキュッと引き結んでうつむく。

すると、わたあめのような白い煙がふわっと現れた。

その煙の中から出てきたのは、純白のチーター。

「お嬢、かっわいー!」

リュセさんは、甘えん坊な白い猫さんに早変わり。顔をずいっと近付けてくるから、私は後ずさりした。だけど、大きな白い猫さんは、尻尾を揺らしながら距離を詰めてくる。

「店長」

その時、店内に低い声が響いた。

声のしたほうに顔を向けると、テーブルに突っ伏すような姿勢でこちらを見つめるシゼさんがいた。

「腹が空いた」

「あ、はい。すみません」

空腹で、機嫌が悪いみたい。慌ててシゼさんの隣に移動して、注文を取る。

「今日も、ベーコンステーキになさいますか？」

「ああ。大盛りで」

「かしこまりました」

「フォンダンも、一つ」

「はい、フォンダンショコラを一つですね」

「あと、お前のコーヒーが飲みたい」

注文を取る手を止めて、思わずシゼさんに目を向ける。

私のコーヒーをご所望……

胸がじんわりと温かくなる。

嬉しさを感じると同時に、琥珀色《こはくいろ》の瞳にじっと見上げられるとどこか気恥ずかしくて、私はパッと目を逸《そ》らした。

「店長ぉー、オレも大盛り。あと、サクランボジュース？　それも！」

その時、チセさんからも注文の声が上がり、私は彼に向き直った。

「ベーコンステーキを大盛り、お飲みものはサクランボジュースですね」

「ああ。店長の飯を食わないと、なーんか腹が満たされなくってよぉー。今日はすっ飛んできたんだぜ」

ソファの背もたれにだらりと身を預け、リラックスした姿勢のチセさん。

「それはそれは……嬉しいお言葉です」

シゼさんだけでなくチセさんにもそう言ってもらえて、すごく嬉しい。

私は緩む頬を押さえつつ、すぐそばに座るセナさんに目を向けた。

「セナさんはいかがなさいますか？」

「僕はタマゴサンドとパストラミサンド。それからラテ」

「はい。リュセさんは？」

「オレはベーコンステーキとラテで」

「かしこまりました。ラテのミルクは少なめにしますね」

それからキッチンに戻って、まずは飲みものの準備。先にそれを皆さんにお出しして、再びキッチンへ。大きめに切り分けたベーコンを味付けしたあと、サンドイッチ作りに取りかかる。同時に、魔法の力も借りてベーコンに火を通す。こういう時、魔法が使えるとすごく便利。

それぞれ完成した料理をお皿に盛り付けて、店内へ向かう。

「すっげー……」

ひとりごとのように呟いたのは、リュセさん。カウンター席からキッチンの様子を覗《のぞ》いていたみたい。

「お待たせしました」

まずは、そんなリュセさんの前にステーキの皿を置き、シゼさんとチセさんのもとにも運んだ。最後はセナさん。

「今日はいつもより出てくるのが早いな！　いっただきまーす」

チセさんは勢いよくステーキにかぶり付き、満面の笑みを浮かべる。

「やっぱり店長の料理が一番だなぁ」

「ありがとうございます。……よろしければ、明日は牛肉を用意して牛のステーキを出しますよ」

「まじで⁉　来る！　絶対来るから牛のステーキな！　なぁ、シゼ！」

チセさんは目を輝かせた。興奮のあまり、そのまま青いオオカミの姿に変身してしまう。

シゼさんはそんなチセさんをちらりと見やり、口をモグモグさせながら頷いた。すると、チセさんが牙《きば》を剥《む》き出しにしてニカッと笑う。

ふふ、明日のメニューは牛ステーキに決定ですね。

「へへっ！　店長は、オレ達のこと、ほんと好きだよなー！」

ブンブン、と青い尻尾を振り回して言うチセさん。

私は照れくさく思いつつ、トレイで口元を隠しながら「はい」と返事をした。

メインの食事を終えたあと、ケーキと飲みもののおかわりを頼んでくれる皆さん。

順番にそれらを配膳していき、最後はシゼさんのところへ。ブラックコーヒーをテーブルに置くと、シゼさんはカップを持ち上げ、じっと私を見上げた。

あ、猫舌のシゼさんには熱すぎたかしら。

私は粉雪の魔法を一瞬だけ発動させる。すると光の粒のような粉雪が現れてふわりと溶け、コーヒーの熱を少しだけ奪った。

満足そうにコーヒーを飲み始めたシゼさんを見て、ホッとする。

それからキッチンで軽く洗いものを済ませ、読みかけの本を手に店内へ戻る。

カウンターにはじゃれる機会をうかがっている白いチーターさんがいるので、セナさんの向かいの席に座ることにした。

読書中のセナさんは、こちらにちらりと目を向けたけれど、すぐに本へ視線を戻す。

ふと彼の手元を見ると、背表紙には『悪魔の本』と書かれていた。

「あら……悪魔に関する本ですか？」

思わず尋ねると、セナさんはムースケーキに手を伸ばしつつ答えてくれる。

「戦うかもしれないからね。予習しておかないと」

その言葉を聞いて、私はぽつりと漏《も》らした。

「……戦ってほしくないです」

「あん？　やっぱり店長、オレ達が負けると思ってるな」

不機嫌そうな様子でこちらを向くチセさん。大きな唇に、クリームがいっぱい付いてますよ。

「……正々堂々と戦うなら、皆さんが勝つでしょう。腕力なども、獣人族のほうが上です。けれど、悪魔は狡猾《こうかつ》で——他者を破滅に導《みちび》く存在なのです。その魔力は、魔物や負の感情に染まりやすい人をたやすく操ります。もちろん、魔法も使ってきます。普段、皆さんが戦われている方々との戦いとは、まったく異なるでしょう」

「グルルッ……確かに魔法は厄介だが……」

チセさんは悔しそうな唸《うな》り声を上げる。

一方、リュセさんは自信満々に胸を張った。

「何かを操ってても、魔法を使ってきても、問題ねーよ。それなら悪魔の首を引き裂けばいいじゃん。魔法なんて、術者を倒せばなんとかなるだろ？　だーいじょうぶ！」

そんなリュセさんの言葉を聞いて、チセさんも「そ、そうだよな！」と自信を取り戻したみたい。

セナさんとシゼさんは何も言わないけれど、まるで大丈夫だと言い聞かせるように、私をじっと見ている。

「……あの、皆さんに加護の魔法をかけてもいいですか？　悪魔の魔力の影響を受けないよう、私自身もかけています。実際に皆さんが悪魔と遭遇するかどうかはわかりませんが……もしもの時に備えておきたいんです」

これは、王都の住人の大半にかけられている魔法だ。学園の生徒達も、もちろん加護の魔法を受けている。

皆さんの反応をうかがいつつ尋ねてみると、リュセさんが真っ先に声を上げた。

「お嬢が魔法かけてくれるの？　マジ？　やったー！　かけてかけて」

「もちろん、タダだよね？」

セナさんは冗談っぽい口調で首を傾げる。

「はい、無償です。かわりに、悪魔退治も無償でしてくれますか？」

私も冗談半分で返すと、セナさんは笑って返してくれる。

「うん、特別だよ」

なんだかそれが友情の証《あかし》みたいに思えて、私は笑みを深めた。

「加護の魔法をかけられるって、どんな感じだ？　……むずむずするのか？」

少し躊躇《ちゅうちょ》した様子で、チセさんが尋ねてくる。

「魔力に包まれるだけですよ」

私は笑いながら答える。

シゼさんはというと、静かに頷いて了承の意を伝えてくれる。

チセさんは尻込みしている様子だったので、まずは他の三人に加護の魔法をかける。

人間の姿だったシゼさんとセナさんだけど、私の魔法に触発されたのか、二人とも獣人の姿に変身してしまった。

最後にチセさんを見やると、観念したように頷く。

こうして、皆さんに加護の魔法をかけることができたのだった。

そのあとは、皆さんと一緒にまったりした時間を過ごす。

やがてシゼさんが腰を上げ、それを合図に皆さんが帰り支度を始めた。

皆さんは街の治安維持のために、今日もこれから国境付近まで赴《おもむ》く。

気を付けてほしいな……怪我をしないといいな……

そんなことを考えていた私は、帰ろうとしていた彼らに向かって思わず口を開く。

「いってらっしゃいませ」

それは想定外の言葉だったらしく、全員がピタリと動きを止める。

私自身、自分の言葉に驚いていた。

ど、どうしましょう。恥ずかしい。

最初に反応したのは、リュセさんだった。

「い……いってきます……」

尻尾をパタパタ揺らしながら、照れくさそうな笑みを浮かべるリュセさん。チセさんもリュセさんにつられるように、気恥ずかしそうな表情で「おう！」と返事をした。それから二人一緒に店を出ていく。

「いってきます」

大きな尻尾をゆっくり揺らし、そう言うのはセナさん。彼は笑顔で、チセさん達のあとに続いた。

最後に残ったのは、シゼさん。ふっくらした黒い手を私の頭にそっと置く。

「明日、来る」

彼はそう言って、店をあとにした。

カランカランとベルの音が響いて、ドアが閉まる。

「……ふわわ」

ポッと火照《ほて》る頬を両手で押さえ、思わずしゃがみ込んでしまう。

自分の発言ながら、恥ずかしい。

しばらくそうしていると、店の床の中央に淡いライトグリーンの円が現れた。光る円の中からは、蓮華《れんげ》の妖精ロト達が飛び出してくる。それも数え切れないほど大勢いる。

「わぁあ」と愛らしい声を漏《も》らして、私に飛び付くロト達。

昨日落ち込んだ姿を見せてしまったから、皆で慰《なぐさ》めに来てくれたみたい。

「ありがとう……私は、大丈夫ですよ。ふふ、残りもののケーキを食べたい人、手を上げてくださーい」

そう呼びかけてみれば、パッと目を輝かせて一斉に手を上げるロト達。

私のドレスにしがみ付いていた子まで手を上げるものだから、コロンコロンと転がり落ちていく。ひっくり返ったまま手を必死に上げるロトを見て、私は思わず笑ってしまったのだった。

——翌日、獣人傭兵団の皆さんのために牛肉を用意した。奮発して、お肉屋さんで一番高いものを買う。

皆さんからはいつもたくさんチップをもらっているから、高いお肉をたくさん購入しても問題はない。

味付けは、赤ワインをベースにするつもり。下準備もばっちりだ。

午前の仕事を終えてランチを済ませると、時間は正午過ぎ。

カウンター席でラテを飲みながら、読書をすることにした。

皆さんは、もうすぐ来るはず。

まったり穏やかな時間を過ごしながら待っていたのだけれど——

突如、私の身体を熱風が通りすぎ、胸がチリリと熱くなる。

……これは、魔法の気配。それも広範囲を攻撃する類《たぐい》のものだ。私はその範囲の中にいる。

以前にも、似たような気配を感じたことがある。あれは、オリフェドートの森で悪魔と戦った時のことだ。

とっさに、カウンターに置かれたアメジストを掴む。

けれど、いくら気配を探っても、悪魔の禍々《まがまが》しい魔力は微塵《みじん》も感じられない。悪魔の攻撃ではないようだ。私はアメジストから手を離し、窓の外に目を向けた。

そこに広がっていたのは、夕焼け色の空。けれど時刻はまだお昼を過ぎたばかりだから、夕陽でないことは明らかだ。

ズドン！

大きな音が響くと同時に、地面が揺れた。外からは悲鳴が上がる。

慌てて店の外に飛び出すと、少し先にある広場の地面に、燃えたぎる岩が突き刺さっていた。周囲の建物からは、炎と黒い煙が上がっている。

あちこちから悲鳴が聞こえ、人々が逃げ惑う。

「何が起きているのですか!?」

お店の常連さんの姿が目に入り、問いかける。

「獣人傭兵団と賊《ぞく》が、街の近くで戦ってるんだ！　相手は魔法を使ってる！　ローニャちゃんも早く避難したほうがいい!!」

その時、再び大きな音が響いて地面が揺れた。

ドオォーーン！

甲高《かんだか》い悲鳴と怒声のようなものが、そこかしこから聞こえる。

このままでは、街が破壊されてしまう。

喧騒の中、私は深呼吸した。そして――

「〝――我、悠々たるを守護する。破壊を拒み、万全たる守りを――〟」

詠唱が終わると、足元から魔力がじわじわと広がっていく。やがて私の魔力は街全体を包み込んだ。これは、魔法攻撃を防ぐための結界だ。

魔法は、すべての人が使えるわけではなく、魔力が充分にあり、使い方を学んだ者だけが使える。魔法を使えるほどの魔力があれば、結界が張られていることに気付くだろう。ただし、私が結界を張ったと気付くほどの魔法の使い手は、この街にはいないと思う。

上空から、ゴンと鈍い音がする。炎をまとう岩が結界に当たった音だ。白い光が岩を撥《は》ね返すと、岩は花火のように弾《はじ》けて消えた。その音も、結界の中にいると、くぐもってよく聞こえない。

逃げ惑う人々は、次々と撥《は》ね返される岩を見て驚いている。

けれど、街にはこれ以上岩が降ってこないと知り、安堵の表情を浮かべた。

私は結界を維持しつつ、街を出ようかどうか悩む。

できることなら、獣人傭兵団の皆さんのお手伝いをしたい。結界の外からは、くぐもっているものの、いまだ鈍い音がたくさん聞こえるし、時おり地面が大きく揺れている。

もしかすると、苦戦しているかもしれない。

魔法を使える私がいれば、少しは役に立つかもしれない。

――けれど、結局私は自分のお店まで引き返した。

私は結界の魔法を得意としていないから、この規模の魔法を維持するには、それなりに集中しないといけない。途中で魔法が解ければ、それこそ彼らの足手まといになってしまう。

彼らは、昨日約束してくれた。今日、私のステーキを食べに来ると。

だから、その約束を守って絶対に来てくれるはず。楽勝だったと笑って、お店でまったり休んでくれるはず。

彼らが戦っているであろう方角を見つめて、私は祈った。

勝利をおさめた彼らが、無事に約束を果たせますように――

3　約束の勝利。

王都のはるか東南に位置する最果ての街——ドムスカーザ。そこから少しばかり離れた地で、獣人傭兵団は賊《ぞく》と戦っていた。

空からは炎をまとった岩が落ちてきて、火の粉を撒《ま》き散らす。

賊《ぞく》が手にしている武器は、銃と剣。しかし傭兵団の面々にとって、炎の岩以外は大した脅威ではなかった。

敵を殴り飛ばしていた青き狼チセは、大きく舌打ちをする。

「くっそ！　中途半端に魔法を使いやがって！」

炎の岩は、獣人傭兵団だけではなく、賊《ぞく》にも当たっている。術者が制御できていないのだ。

獣人傭兵団が戦っているこの賊《ぞく》達は、以前よりドムスカーザの街を侵攻しようとしていた者達だ。それなりに力を持っており、前にも手こずったことはあるが、これほど街のそばには近付けなかった。しかし今回は、新たに覚えたらしい魔法を切り札に、ここまで攻め込まれてしまった。

「っ……邪魔っ‼」

白きチーターのリュセは、賊《ぞく》を鋭い爪で引き裂き、後ろに大きく飛びのいて炎の岩を避ける。宙を舞う火の粉を腕で防ぎつつ、苛立《いらだ》ちを含んだ息を吐く。

キリのない岩の攻撃。術者を狙おうにも、数で阻《はば》む賊《ぞく》達。

体力の消耗が激しく、リュセはうんざりしていた。

街のことが気がかりで、パッと振り返る。その時、街が守られていることに気付いた。

「あれ、なんだ？　結界の魔法か？」

炎の岩は、街に落ちる前に、白い光に撥《は》ね返されて砕けている。

街は、見えないドームに守られているかのようだった。

敵を捩《ね》じ伏せた緑のジャッカル――セナは、深く息を吐いて呼吸を整える。

「……一人しかいないだろう」

誰の魔法だ、という問いかけが出る前に、セナは答える。

ドムスカーザの街全体に結界を張れるほどの魔法の使い手は、たった一人。

「彼女の魔力だ……」

「あー、お嬢に心配かけちまったかなぁ」

リュセは白い髪をかき上げて、険しい表情を和らげる。そして背後から襲いかかろうとしていた賊《ぞく》を蹴り飛ばし、長い尻尾を上機嫌に揺らした。

「さっさと終わらせて、店に行こうぜ。今日は行くって約束したじゃん」

リュセは笑みを深めたあと、地面に足を食い込ませてから、目にもとまらぬ速さで駆け出した。そのスピードを活《い》かして、五人もの敵を蹴り飛ばす。

「あぁーもう腹減った！　今日は牛ステーキだぜ！　店長のステーキ、早く食いてぇ！」

遠吠えのように、咆哮《ほうこう》を上げたチセ。彼は、向かってきた敵を掴み上げては遠くに投げ飛ばす。

「お嬢、おかえりなさいませって言うのかな？」

にやけながら言うのは、リュセだ。

「それはないんじゃない？」

セナは、冷静に言う。弾丸をよけ、敵のみぞおちに一発決める。

リュセは少し残念そうな表情を浮かべつつ、再び頬を緩めた。

「昨日のお嬢は、まじで可愛かったよなぁー。いってらっしゃいとか、オレ達が好きだとか……あちち！」

尻尾に火の粉がかかり、リュセは焦ったように飛びのいた。

「余裕ぶっこいてないで、ちゃんと片付けてよ、リュセ。僕達の仕事は、ドムスカーザの街と人を守ることだ。すなわち、ローニャのことも守らなくちゃいけない。それなのに、彼女の手を煩《わずら》わせてしまってるんだから、早く終わらせる努力をしてよね」

リュセに向かって説教するセナを見て、チセは呑気に笑った。

「店長にも報酬《ほうしゅう》をやらねーとだな！　いらねーって言いかねないけど」

リュセは炎の岩を飛び越えて敵を踏み潰すと、再び街を振り返った。

「ローニャお嬢がいるから、早く帰りたいって思うんだよな……。待ってると思うと、なおさら」

彼女は自分達のことを心配しながら、あの街で待っている。その姿を思い浮かべると、自然と笑みが零《こぼ》れてしまう。

リュセは、「あー、くすぐってぇー」と胸元を握った。

「お嬢のまったりを邪魔しやがるこいつら、早く片付けようぜ」

「……そうだね」

セナはリュセから視線を外し、前を向いた。

「ね？　ボス」

呼びかけるのは、純黒《じゅんこく》の獅子シゼ。

彼は傭兵団の証《あかし》である上着を脱ぎ、放り投げた。

「お前達は、雑魚《ざこ》を蹴散らせ」

鋭利な牙《きば》を覗《のぞ》かせて、シゼはそう命じる。

その低い声は、落下する岩の爆音にも賊《ぞく》達の怒声にもかき消されることなく、セナ達に届いた。

「――オレが術者を潰す」

その言葉に従い、セナ、リュセ、チセが構えを取る。

「行くぞッ!!」

「――おう!!」

三人は獅子の咆哮《ほうこう》に答えた。

それから獣人傭兵団は、獣の如《ごと》く暴れた。この先には通さないと吠え、噛《か》み付き、引き裂き、敵の力を確実に削《そ》いでいく。

温かい笑みで送り出してくれた、彼女のもとへ戻るために。約束を果たすために。

4　祝杯のまったり。

街に降り注《そそ》いでいた炎の岩が消え、赤く染まっていた空も青色に戻る。

街はあちこちに被害を受けていたけれど、建物から上がっていた火は消し止められたみたい。人々も、落ち着きを取り戻していた。幸い、重傷者はいなかったらしい。

一人暮らしの私を心配して、近所の方々が訪ねてきてくれた。

「怖かったでしょう。でもね、昔に比べたら全然マシなの。……獣人傭兵団さまさまね」

パン屋の奥さんが、静かに笑う。彼女だけでなく、街の人々は、獣人傭兵団の仕事については信頼しているようだ。

「これから来るのかね？　あの人達」

「はい」

「ローニャちゃんに癒《いや》されに来るのかい？　……大丈夫なんだろうけど、気を付けてね」

パン屋の奥さんは肩をすくめて笑うと、私の店から離れていった。

仕事については信頼して感謝しているけれど、それだけ。彼らと関わるつもりはないし、恐れている。これが街の人々の反応だ。

私は結界の魔法を解き、店の中に入った。そろそろ、彼らが帰ってくるでしょう。

でも、疲れがひどいようなら家に帰ってほしい。無理をしないでほしい。

そんなことを考えながら店内を軽く掃除していると、カランカランとドアのベルが鳴り響いた。

私はおかえりなさいという気持ちも込めて、微笑んで出迎える。

「いらっしゃいませ」

ドアから顔を覗《のぞ》かせたのは、ボロボロになった皆さん。鉄と焦げくさい匂いをまとっている。

それでも、リュセさんはご機嫌な笑みを浮かべて言った。

「約束通り、今日も来たぜー！　お嬢」

純白の毛の彼は、一番汚れが目立つ。私は、用意していた濡《ぬ》れタオルで彼の顔を拭《ぬぐ》った。

赤黒く汚れた口周りを最初に拭《ふ》き、こするように頬の汚れも拭《ぬぐ》う。すると、リュセさんはゴロゴロと喉を鳴らして、気持ち良さそうに目を閉じた。あ、可愛い。

「自分でやれよ、リュセ」

リュセさんを突き飛ばすようにして言ったのは、チセさん。彼は私から濡《ぬ》れタオルを受け取ると、いつもの席に腰を下ろした。

その隣のテーブルに座ったのは、疲れ切った様子のセナさん。大きな尻尾がすっかり垂れ下がっている。濡《ぬ》れタオルを差し出すと、それを顔にかけてソファに沈み込んだ。

一番余力がありそうなのは、シゼさんだ。濡《ぬ》れタオルをひょいっと取り上げ、チセさんの向かい側にどっかりと座る。

「ステーキ」

シゼさんは、軽く顔を拭《ぬぐ》って言う。

「オレも。今日は牛ステーキだろ！」

濡《ぬ》れタオルを放り投げ、ペロペロと手を舐《な》めながら声を上げるチセさん。尻尾がブンブンと揺れている。

「僕はサンドイッチ」

深く息をついて、セナさんも言う。

せっかくだから、ビーフを使ったサンドイッチを作りましょう。

「オレも、ステーキをお願い。お嬢」

カウンター席に腰を下ろし、長い尻尾を揺らすリュセさん。

注文を繰り返して確認したあと、キッチンでまずは飲みものを準備する。

「お嬢の結界のおかげで、街の被害は最小限で済んだみたいじゃん。ありがとう、お嬢。報酬《ほうしゅう》を受け取ってよ、チップと一緒にさ」

皆さんに飲みものを配膳していると、リュセさんからそんなことを言われた。

「いえ、私は自分の身を守っただけですので、結構ですよ」

「やっぱりね」

セナさんは、小さく笑いながら呟く。チセさんも、喉をゴロゴロ鳴らして笑っている。

首を傾げていると、純黒《じゅんこく》の手にガシッと腕を掴まれた。

「受け取れ」

シゼさんの威圧的な一言に、思わず頷いてしまう。

……報酬《ほうしゅう》の件でしょう。私が頷いたのを確認し、シゼさんは手を離した。

「先に、コーヒー」

シゼさんからの注文に、私は再び首を傾げる。

シゼさんのコーヒーは、目の前にある。粉雪の魔法で冷ましてあるから、猫舌のシゼさんでも飲めるはずだけど……

きょとんとする私に、シゼさんは言葉を続けた。

「奢《おご》りで店長にも、一杯。今、飲めばいい」

「……ありがとうございます」

私はキッチンに戻って、自分の分のコーヒーを淹《い》れる。そして店内に戻ると……

リュセさんの使っていたタオルがカウンターの不自然な場所に置かれていた。彼を見ると、ただニパッと笑うだけ。

私は苦笑を零《こぼ》しつつ、タオルをどかした。その下に置かれていたのは、祖父からもらった砂時計と、グレイ様にもらったアメジスト。砂時計はひっくり返され、緑色の宝石みたいな砂がさらさらと落ちていた。

悪戯《いたずら》っ子《こ》なリュセさんに苦笑を零《こぼ》し、私はシゼさんのそばに向かう。

「ありがとうございます、いただきますね」

そう告げると、シゼさんは私に向かって自分のカップを掲げた。チセさん、セナさん、リュセさんも、自身のグラスやカップを手にしている。

「ともに戦った記念に、乾杯」

シゼさんのカップが、私のカップにコツンと当てられた。

今日は一緒に戦い、勝利した。そのお祝いのための乾杯。

「かんぱーい」

他の皆さんも、順番に乾杯をしてくれる。

心が温かくなるのを感じながら、私はコーヒーに口を付けた。

そのあとはキッチンに戻り、注文された料理を作って皆さんに配膳した。

今日の特別メニュー、牛ステーキは大好評。チセさんの青い尻尾が、いつもより激しく揺れていた。

いつまでもこうして、この店に来てほしい。

見た目が少しばかり怖くても、もふもふで素敵な獣人傭兵団の皆さん。

この店が、彼らの心の拠《よ》り所《どころ》であったらいいな。

そんなことを考えながら、賑《にぎ》やかに食事を楽しむ皆さんを眺めたのだった。

——そのあと、存分にまったり過ごした獣人傭兵団の皆さんは、そろそろ帰ると腰を上げた。

そして、ずっしり重い小袋を私の掌《てのひら》に落としたシゼさん。今日のチップと、街を守った報酬《ほうしゅう》らしい。

「あ、あの、シゼさん？　まさかこれ、全部金貨じゃないですよね？　かなりありそうですが……」

「……」

恐るおそる確認してみると、純黒《じゅんこく》の獅子さんは面倒くさそうな表情を浮かべた。その表情を見た瞬間、中身が金貨だと察する。

「受け取れません！」

「……」

「シゼさんっ！」

小袋を返そうとすると、シゼさんはそっぽを向いてしまう。なんとか受け取ってもらおうと小袋を押し付けても、もふもふした純黒《じゅんこく》の手で押し返された。

「ほら、やっぱり、お嬢にはこっちがいいんだよ」

そう口を挟んだのは、リュセさんだ。

彼は上着をごそごそと探って何かを取り出し、カウンターに無造作に置いた。

それは、キラキラ輝く大粒のダイヤモンドだ。おまけに、十個もある。

「ほら、こっちにしとくー？」

「どっちも高価すぎますっ！」

「え？　両方がいい？　いいぜ」

「リュセさんっ！」

セナさんもチセさんも面白そうに眺めているだけ。完全にからかわれている。

「帰るぞ」

シゼさんは、そのままドアから出ていこうとする。慌ててシゼさんの腕を掴むと、彼は呆れたようにため息をついたあと、私の顎《あご》にふっくらとした手を添えた。さらには、琥珀色《こはくいろ》の瞳でじっと見つめられる。

「……」

「……シ、シゼさん？」

困惑していると、シゼさんの掌《てのひら》が私の頬をふにっと押した。

ふにふにふに。

ぷにぷにした肉球が気持ち良くて、同時に見つめられていることが恥ずかしくて、もう限界だった。

「わ、わかりました……受け取ります」

仕方なくそう言うと、シゼさんは満足したように頷いて、そのまま店を出ようとする。

その背中に、私は声をかけた。

「この金貨……結界を張る前に、岩が落ちて被害に遭《あ》った建物の修理費に回してもいいですか？」

その問いかけに答えてくれたのは、セナさん。

「好きにすればいいよ。それは、もう君のもの。返却はなし。……そうそう、今日はたっぷり暴れたから、明日は暇になると思う。また明日も来るよ」

セナさんはそう言って、シゼさんとともにお店を出ていく。チセさんも、そのあとに続いた。

最後に残ったのは、リュセさんだ。ニヤニヤ笑いながら尋ねてくる。

「あれ、お嬢。今日はいってらっしゃいませって言わないの？」

私はめげずに、心からの笑みを浮かべて口を開いた。

「約束を守ってくださり、ありがとうございました。明日も来てくださいね」

「……うん」

リュセさんは、少し驚いた様子で頷き、店をあとにする。

私は皆さんの背中を見送ったあと、のんびりお店の片付けに取りかかった。

＊❖＊

――時は少し遡《さかのぼ》る。ローニャがドムスカーザの街を、結界で守っていた頃。

彼女のいる方角を見つめる双眸《そうぼう》があった。

禍々《まがまが》しく蠢《うごめ》く、黒い魔力をまとう者。

鮫《さめ》の歯に似た牙《きば》が並ぶ口を、三日月のように歪《ゆが》めて高笑いを上げる。

「あぁあぁあっ……！　見ぃーつけたぁ！」

黒衣をまとい、漆黒の髪と角を持つその男は、悪魔と呼ばれる存在。

「ローニャ……今度こそ君をっ‼」

悪魔は、探し続けていた少女をついに見つけたのだった。

第4章 ❖ 悪魔。

1　閑話　元婚約者の後悔。

ローニャ・ガヴィーゼラ伯爵令嬢が、エリート達の集《つど》うサンクリザンテ学園を追放されてから一ヶ月以上が経つ。

レクシーは、学園内を不機嫌な顔で闊歩《かっぽ》していた。

先日、シュナイダーとヘンゼルとともに、ローニャの祖父ロナードのもとを訪ねた。

そしてローニャの居場所を教えてほしいと頼んだのだが、丁重に断られてしまった。

今考えれば、その対応は至極まっとうなものだ。

ローニャの兄ロバルトが、ガヴィーゼラ家の家名を汚《けが》した妹を探し回っていると聞く。

レクシー達がローニャと接触した場合、ロバルトに勘付かれてしまう可能性がある。強い怒りに支配された彼がローニャを見つけた時、何をしでかすかわからない以上、今は下手に動かないほうがいい。

それは、充分わかっている。わかっているのだが、大切な親友ローニャの無事は、自《みずか》らの目で確かめたいという思いは止められず、レクシーの苛立《いらだ》ちは日に日に増していた。

彼女が苛立《いらだ》っているのには、もう一つ理由がある。

学園の生徒達の多くが、シュナイダーとミサノを祝福しているのだ。

「略奪愛が素敵なわけないでしょ！　愚か者ばかり！」

廊下に穴が空きそうなほどの勢いで、ブーツを叩き付けながら歩く。

シュナイダーが浮気をして、浮気相手のミサノがローニャを追い出した。それが事実だ。

だが無責任な生徒達は、ローニャを完全なる悪者にし、シュナイダーとミサノが真実の愛を貫《つらぬ》いたという都合のいい美談に仕立てて祝福している。

レクシーには、我慢ならなかった。

ローニャの生家は、貴族の中でも大きな力を持つガヴィーゼラ伯爵家。王都の東南地区フィオーサンを管理していて、『王都東南の支配者』と呼ばれている。そして同時に、ガヴィーゼラ家の人間は冷血であるとも囁《ささや》かれていた。

そんなガヴィーゼラ家の令嬢で、王弟殿下の子息であるシュナイダーと婚約していたローニャ。

学園の生徒達の多くは、畏《おそ》れ多いと遠巻きにするか、取り入ろうとするばかりで、彼女の本質を見ようとはしなかった。

だからこそ、今回の件でも、生徒達はローニャが悪いと信じ込んでいるのだ。

この状況は、絶対に許せない。レクシーは、ローニャの潔白を証明しようとしていた。

もっとも、ローニャ本人はそれを望んでいないだろう。貴族令嬢をやめたがっていた彼女は、学園から追放されることで、ようやく解放されたのだから。

ローニャのことを思うと少しだけ決意が揺らぐものの、レクシーは気を取り直して、学園のあちこちを歩き回る。

彼女は、ローニャによく付きまとっていた取り巻きの令嬢達を探していた。

シュナイダーとミサノがローニャを糾弾《きゅうだん》した際、ローニャが悪者だと証言した者達がいたらしい。取り巻きの令嬢達だ。彼女達は、ローニャの指示でミサノに嫌がらせをしていたと話したそうだが、そんなことあるはずがない。

レクシーは、彼女達を見つけたら、まずは平手打ちをお見舞いしてやろうと考えていた。

やがて学園のとある教室の近くを通りかかった時、背後から声をかけられた。レクシーはパッと振り返る。

「あら……ちょうど探していたのよ、あなた達」

意識せずとも、冷たい声が出た。

レクシーは、目の前の三人を鋭く見据える。ローニャに濡《ぬ》れ衣《ぎぬ》を着せた加担者達だ。

青ざめる彼女達は、レクシーが怒っている理由について察しが付いているはず。レクシーとローニャの仲は、学園でも広く知られていた。

「た……助けてくださいませっ！」

令嬢の一人が口にした言葉に、レクシーは顔をしかめた。

「……は？　なんですって？」

「私達を……ローニャ様を助けてくださいませ！」

レクシーは目を見開く。

「わ、私達はミサノ様にっ……ミサノ様に拷問されてっ……本当に申し訳ありませんっ！」

令嬢達は、涙をポロポロ零《こぼ》して謝罪する。

「ミサノ様への嫌がらせは、私達がやりました！　でも、ローニャ様は関わっていないのです！　むしろ、何度もやめるよう言われていました。それなのに、私達はローニャ様の言葉を聞かず、彼女の目を盗んで何度も……」

「ミ、ミサノ様に、おぞましい幻覚を見せられました。嫌がらせがローニャ様の指示だと白状しろと、何度も、執拗《しつよう》にっ！　違うと言っても信じてもらえず、私達は……ローニャ様を犠牲にしましたっ！　これ以上恐ろしい光景を見せられたくないがために、嘘の証言をしたのですっ！　ごめんなさいっ！　ごめんなさい！」

その後の話によると、彼女達も学園から追放されたローニャを探していたのだが、見つからなかったのだという。シュナイダーに真実を話そうにも、ミサノが怖くて無理だったそうだ。

「どうしたらっ……どうしたら、ローニャ様を救えますかっ？　どう償《つぐな》えばいいかっ……教えてください、レクシー様！」

頼みの綱はレクシーだけだとばかりに泣き付かれる。

レクシーは、その真実に呆然としてしまった。

令嬢達にすがられ、しばらく固まっていたのだが――怒りが頂点に達するまで時間はかからなかった。

＊　❖　＊

レクシーが令嬢達と話をしていた頃、シュナイダーは王城の応接室にいた。

国王より、他国の王達と会って話すようにと言われたのだ。

シュナイダーの目の前には、二人の人物が立っている。

一人は、アラジン国の王ジークハルト。もう一人はガラシア王国の女王ルナテオーラ。

二人とも種族が違い、人間ではない。

ジークハルトの種族は、ジン。相手に幸福感を与える能力を持つ妖精だ。

見上げるほどの巨漢で、黒い髪と青い肌を持ち、露出させている腕には海の底のように深い青色の模様が刻まれている。その模様は薔薇《ばら》にも似ていた。

ルナテオーラの種族はエルフで、星の如《ごと》く煌《きら》めく長い髪と、砂金がちりばめられたような藍色の瞳を持つ。耳の先は長く尖っており、上品な白いドレスからは豊満な胸が覗《のぞ》いている。

ジークハルトは、悲しげな様子でシュナイダーに語りかけた。

「あんな良い娘との婚約をやめてしまっただなんて、一体全体どうしたというのじゃ？君達の結婚式を楽しみにしていたのだぞ。ローニャ嬢が君といる時の匂いは、とても幸せな匂いだったというのに……。君と別れたことで、ローニャ嬢がどんなに打ちのめされたか……身を裂かれる思いだったに違いない」

それを想像するだけでも辛いと嘆く、ジークハルト。彼は、大きな手でシュナイダーの頭をぐりぐり撫《な》でながら続けた。

「……だが、君も真剣に考えて決断したことなのだろう。辛かったな、よしよし」

ジークハルトは一見三十代に見えるが、五百年の時を生きている。その性格は、おおらかで温厚、時々豪快。人の幸福も不幸も匂いで嗅《か》ぎ取ることができるというジンの妖精であるため、非常に感情が豊かだ。

ジークハルトは、シュナイダーとローニャの間でどのようなやりとりがなされたのかは知らない。そのため、シュナイダーがローニャの裏切りに怒り、多くの生徒達の前で婚約破棄し、婚約に関する契約書を破り捨てた――などとは露《つゆ》ほども思っていなかった。

心優しいジンの王の言葉に、シュナイダーは何も返せない。どことなく、胸にぐさりと刺さる言葉だった。

そんな中、今度はエルフの女王ルナテオーラが口を開く。

「それで、新しいお相手はどんな方なのでしょうか？　ローニャ嬢は、素晴らしいお方ですわ。人見知りの妖精を魅了するほど心優しく、才色兼備。あのローニャ嬢と別れるほどですもの、新しいお相手は美しく才能に溢《あふ》れ、そのお心で世界を清らかにできるような女性なのでしょうね。そんな女性、今までどこに隠れていたのかしら。うふふ」

左頬に手を当てて、やわらかく微笑むルナテオーラ。あくまでも穏やかに話していたが、その言葉には明らかな皮肉が込められていた。

シュナイダーは表情を硬くする。ミサノのハードルが、これ以上ないほど上げられてしまった。

エルフの国の女王は美しいだけでなく、聡明で強い心を持つ。国を越えてルナテオーラに憧れる女性は多く、彼女の影響力は思いのほか強い。そのため、ルナテオーラには睨《にら》まれないようにしたいのだが――

シュナイダーが考えを巡らせていると、エルフの女王は笑みを深めて言った。

「まぁ、そんなことよりも――」

ミサノがどのような女性なのかと尋ねておきながら、シュナイダーの返事を待たずに話題を変えるルナテオーラ。おそらく、ミサノには一切の興味がないのだろう。

シュナイダーに口を挟む隙さえ与えず、ルナテオーラは続けた。

「ローニャ嬢は、今いずこですの？　ガヴィーゼラ伯爵夫妻は冷血で、あっさり縁を切ってしまわれたのでしょう。夫妻のご子息が匿《かくま》うようにも思えませんし」

「ああ、確かに、一体どこにいるのじゃ？　家族にも見放され、どんなに心細く苦しんでいるか……想像を絶するぞ！」

いつの間にかジークハルトも会話に参加し、シュナイダーはますます言葉を挟めなくなる。

「あなたまでもがローニャ嬢に冷血に接して、婚約を解消してから会っていない……なんてことはありませんわよね？」

「そんなバカな！　七年近くも付き合ってきた仲だというのに、そんな非情なことをするはずなかろう！」

「ですわよねー。子ども同士の些細《ささい》なすれ違いですもの。それで、ローニャ嬢の居場所はどこですの？」

「わしにも教えてほしい。会って慰《なぐさ》めたいぞ！」

皮肉に満ちたエルフの女王の言葉と、悪気のないジンの王の言葉が、シュナイダーの胸に思い切り突き刺さる。

シュナイダーは、心の内でため息をついた。この二人の王と会って話せと命じたのは、伯父である国王だ。初めは意図が掴めずにいたが、これが狙いだったのかと思い知る。

ローニャの居場所は知らず、探しているところだと白状しようとしたその時――

「わたくしの弟も、ローニャ嬢を血眼《ちまなこ》で探していますわ」

エルフの女王は、藍色の目を細めてシュナイダーをじっくりと眺めた。

「ご存じの通り……わたくしの弟は、ローニャ嬢にご執心。ローニャ嬢はこの国に居づらいでしょうから、我が国で迎えたいですわ。サンクリザンテ学園でもあれほど優秀だったのですもの。その力を活かす場がないのは、惜しいですわ。我が国は、些細《ささい》な汚名など気にしませんし。それに、風の噂で聞きましたのよ」

ルナテオーラは、シュナイダーに近付き、そっと耳打ちした。

「――……ローニャ嬢は、精霊の森を救ったとか」

その言葉に、シュナイダーは固まった。

今から二年前、確かにローニャは精霊の森を救った。試験期間中に森の精霊から呼び出されたその時、シュナイダーはローニャを引き止めた。しかし彼女は迷うことなく精霊の森へ駆け付け、住人達を救ったと聞いている。もっとも、それは本人からも精霊からも口止めされていることだ。

「もし事実なら、世界中から讃えられる偉業ですわよね！」

エルフの女王は、にっこりと笑みを深める。

シュナイダーは息を呑んだが、なんとか笑みだけを返した。否定も肯定もしないことが最善だ。

「いや、ちょっと待ってくれ。ローニャ嬢には、わしの国で傷付いた心を癒《いや》してもらいたい。わしの国こそ最適じゃ！」

そんな声を上げたのは、ジンの王ジークハルトだ。

「あら。癒《いや》しならば、わたくしの国も引けをとりませんわ」

「いいや、幸せを与えるジンの国だぞ？　ローニャ嬢の幸せのためにも、わしの国へ連れていく」

その後、しばらく言い合っていた二人だが、ローニャ本人に決めてもらうことにしたらしい。近日、ローニャに会わせてくれという言葉を残し、二人は王城の応接間をあとにしたのだった。


――シュナイダーは学園の寮の自室へ戻り、椅子に深く座り込んで額を押さえる。

ローニャの居場所がわからない以上、二人の王を彼女に引き合わせることは不可能だ。

だが、今のシュナイダーにはそれ以上に頭を抱えたくなることがあった。

エルフの王弟殿下。彼の名は、オルヴィアス。

ローニャは気付いていなかったが、オルヴィアスはローニャに恋心を抱いていた。

直接的なアプローチこそしなかったものの、シュナイダーには敵意を剥《む》き出しにしてくることが多く、オルヴィアスとは互いにいがみ合っていたのだ。

そのオルヴィアスが、ローニャを探している。

「……なんでこんな気持ちになるんだ……」

ローニャとは終わったはずなのに、なぜか動揺してしまう。

「アイツとローニャがどうなろうと……オレには……オレには……」

過去、何度も競い合ってきたオルヴィアス。それを思い出すと怒りが湧き上がり、ローニャを奪われたくないという感情まで蘇《よみがえ》ってしまう。

一人の部屋で、シュナイダーは唸《うな》った。

その時、ふとローニャの最後の笑みが浮かぶ。

怒りを露《あら》わにするでもなく、涙を流すでもなく、ただ優しくシュナイダーの幸せを望む言葉を向けてくれた。

その最後の微笑みは、シュナイダーの感情を揺さぶった。

なんとか気持ちを落ち着かせようと深呼吸していると、乱暴にドアが開かれる。

そこに立っていた人物を見て、うんざりした。レクシーだ。

ジンの王とエルフの女王とのやりとりで、シュナイダーは疲弊《ひへい》しきっていた。その上、レクシーにまで罵倒《ばとう》されてはたまらない。

ため息をつこうとしたところで、レクシーが口を開いた。

「ローニャは無実よ!! 証拠を見つけたわ!!」

「……は？ 何を言うんだ。やめてくれ、レクシー」

「ミサノ嬢がローニャの取り巻き達を拷問して、無理やり言わせたのよ!!」

その言葉に、シュナイダーは目を見開く。一体どういうことなのか。混乱して眉をひそめていると、レクシーの後ろからヘンゼルが顔を出した。

「レクシー嬢、順を追って話さないと。シュナイダー、ちゃんと聞いてくれ」

シュナイダーが頷くと、ヘンゼルは語り出す。

「ローニャ嬢に指示されて、ミサノ嬢に嫌がらせをしていたと証言した令嬢達がいただろう？　彼女達は確かにミサノ嬢に嫌がらせをしていたが、それはローニャ嬢の指示ではなかったらしい。しかしミサノ嬢は、ローニャ嬢が指示していたと思い込んでいた。だから令嬢達に恐ろしい幻覚を見せ、ローニャ嬢の指示だと白状するまでその拷問を続けたそうだ。あの令嬢達は虫が苦手でね……おぞましい虫によりひどい目に遭《あ》う、虫責めの幻覚をひたすら見せられ、恐怖に耐え切れなくなり、『ミサノ嬢が望む答え』を口にしてしまった」

ヘンゼルは、苦しげに眉根を寄せて言う。一方のレクシーは、興奮した様子で声を荒らげた。

「あの女はローニャを逆恨みしていて、陥《おとしい》れる機会をうかがっていたのよ！　悪意に満ちているわ！　……ちょっとシュナイダー、何ボケッとしているの!?」

シュナイダーは二人の言葉が信じられず、呆然と呟く。

「まさか……そんな……」

「私達の話が信じられないって言うの？　あの女は、公衆の面前で婚約破棄までさせたのよ！　拷問して偽《いつわ》りの証言を強要したって、おかしくないわ。それなのに……どこまでバカなの⁉」

頭をガツンと殴られた気分だった。シュナイダーは必死に記憶を辿る。

ミサノとは、学園の授業でペアになったことをきっかけに親しくなった。そしてある日、彼女からローニャに嫌がらせをされていると聞いたのだ。

——……信じて、シュナイダー。ミサノ嬢の誤解よ、私は嫌がらせなんてしていないわ。お願いだから信じて。

ミサノに嫌がらせをしているのかと尋ねた時、ローニャは確かにそう言っていた。青い瞳はどこか悲しげで、祈るように「信じてほしい」とシュナイダーに告げていた。

一度はローニャを信じようとしたシュナイダーだったが、その後も嫌がらせが続いているとミサノから聞き、ローニャへの疑いは日に日に膨《ふく》らんでいった。そしてローニャの取り巻きだった令嬢達の証言を聞き、怒りに我を忘れて婚約を破棄したのだ。

——……幸せになってください。

それは、ローニャの最後の言葉。彼女は儚《はかな》げな微笑みを浮かべて、シュナイダーにそう告げた。

家族の愛に恵まれず、いつも孤独を抱えていたローニャ。心優しく穏やかで、まったりした人生を夢見ていたローニャ。

そんな彼女が、自分の取り巻きの令嬢達にミサノへの嫌がらせを指示するだろうか。

「――ローニャは、嫌がらせをやめるようにって令嬢達に言っていたそうよ！　それなのに、あの子達はミサノ嬢への嫌がらせを続けた！　本当はあの子達とミサノ嬢の問題だったのに、ローニャが全部責任を負わされたの！　それでも、ローニャは何も言わずに学園を出ていった！　どうしてだと思う⁉」

レクシーはヒールの音を響かせて、シュナイダーの前までやってくる。

「ローニャは、あなたに幻滅したのよ！　あなたが他の女に目を向けて、心が離れていったから！　だからすべてから逃げ出すことにして、汚名を被って出ていったの‼」

「……」

「いつまで黙ってるの⁉　いい加減にしなさいよ‼」

そう叫び、掌《てのひら》を振り上げるレクシー。しかし、シュナイダーはその手を掴んで止めた。

「……幸せになれって、言ったんだ……。オレに向かって最後に……ローニャは微笑んでいたんだ……」

あの時のローニャの微笑みを再び思い出し、シュナイダーは身を裂かれるような痛みを感じた。

やがて彼は、その瞳に決意の炎を宿らせる。

「ローニャをっ……彼女を見つける！」

「シュナイダー……！」

シュナイダーは、ようやくローニャの無実を知った。そして心からもう一度彼女に会いたいと思った。その感情はレクシーとヘンゼルにも伝わり、ヘンゼルは涙を浮かべて喜んだ。一方のレクシーは、不満げに口を尖らせる。

「遅すぎるわよ、シュナイダー！」

――それから三人は、改めてロナードのもとへ向かった。

ローニャの祖父は、再びやってきた三人を見て、困ったように笑う。

シュナイダーは玄関先で跪《ひざまず》き、誠意を込めて謝罪した。己の過《あやま》ちを認め、ローニャに会わせてほしいと懇願《こんがん》する。

ロナードは、そんなシュナイダーを冷静に見下ろして口を開く。

「君は、勘違いをしていないかい？　私の孫は、君の意思一つで手放したり手に入れたりできるような存在じゃない」

その冷淡な言葉に、シュナイダーは驚愕《きょうがく》した。

「そ、そんなことはっ……」

「君が過《あやま》ちに気付いたからといって、ローニャが戻ってくるわけではない。突き放しておいて、今さら会いたいとは身勝手にもほどがある。ローニャに悪いと思っているのなら、二度と会わないでくれ」

――許されるわけがなかった。

過《あやま》ちに気付いても、その重さを思い知っても、そう簡単に許されるわけがなかったのだ。

「君達もローニャのために、この件は蒸し返さないでくれないだろうか」

ロナードは、レクシー達にも釘を刺す。

そのまま扉を閉じようとしたロナードに向かって、シュナイダーは叫んだ。

「オレがっ……オレが間違っていました！　初めて会った日に、生涯をともにする人はローニャがいいと……愛し合おうと手を取り合いました！　家族に怯《おび》える彼女を、守り抜くと約束しました！　それなのにオレはっ……オレは裏切られたと勘違いしてっ……オレを一心に愛してくれていたローニャを傷付けました‼」

シュナイダーは、改めて自分の過《あやま》ちを痛感する。

彼がローニャの目の前で破り捨てたのは、婚約の契約書だけではない。ローニャにした約束の数々も、思い出も、彼女の心も、すべてを破り捨て、傷付けた。

シュナイダーの頬を涙が伝う。

「それなのにっ……ローニャはオレの幸せを願い、静かに去った！」

怒ることも恨むこともなく、ただシュナイダーの幸せを願って身を引いたローニャ。

彼女は、最後まで心からシュナイダーを愛してくれていた。

「オレを深く愛してくれる女性はローニャだけ……彼女の許しをもらいたいのですっ！チャンスをください！　ローニャを取り戻したいのです！　オレは諦めません！　何度だって、ローニャの居場所を尋ねに来ます！　なんとしても、ローニャを見つけ出します!!」

最愛の人を取り戻したい。シュナイダーは熱意を込めて訴えた。しかし――

「ローニャは、君には会いたがっていないよ」

ロナードは冷たい眼差《まなざ》しのまま、そう言い放って扉を閉じた。

シュナイダーは完全な拒絶に打ちのめされたが、ローニャを諦めるつもりはない。

「もう一度……もう一度、王都内を探す！　何か、手掛かりがあるはずだ！　必ず、彼女を見つけ出す!!」

――その日から、シュナイダーは王都を探し回った。だが、王都周辺はすでにヘンゼルが調べ尽くしており、今さら情報を得ることはなかった。

それでも諦めず、頭を抱えて苦しみつつ、ローニャを探し回るシュナイダー。

彼はミサノへの想いが愛ではなかったと気付いたが、すべては遅すぎたのだった。

2　悪魔と黒地《くろち》。

――夢を見ていた。

二年前の、懐かしい夢。私にとって、大切な記憶。

少しだけ意識が浮上したけれど、私は静かに寝返りを打ち、再び夢の中に沈んでいった。

＊❖＊

二年前、精霊オリフェドートの森は、悪魔の凶悪な気まぐれにより襲撃を受けた。

救ったのは、一人の少女。名前はローニャ。

悪魔と全力で戦い、力尽きたローニャは、ほどけて乱れた髪を整えることもなく、草原に横たわっていた。


静けさを取り戻した森から、淡く暖かな光が舞い上がる。緑の大地から湧き上がる、無数の光。

ローニャは、美しく幻想的な光景をぼんやり眺めた。

精霊オリフェドートは、そんなローニャの頭をそっと持ち上げて、自身の膝に乗せる。そして労《いたわ》るように髪を撫《な》で、ローニャの疲れを癒《いや》してくれた。

「この光は、なんですか？」

疲れ果てたか細い声で、ローニャは問う。

「命だ」

オリフェドートは、優しく答えた。

「世界のどこかで、また芽吹く命達。別の場所で生まれ変わる。そうして、いつかまたここで生まれ変わるのだ」

命が舞い上がる。どこかでまた生まれ変わる命。

ローニャの瞼《まぶた》が、ゆっくりと下りていく。

「この森に……生まれ変わりたいです」

囁《ささや》かれた言葉に、オリフェドートは笑みを零《こぼ》す。

「歓迎するぞ、我が友よ」

オリフェドートの優しい手が、ローニャの頬を包み込んだ。

ローニャは静かに息を吐くと、緩やかに眠りに落ちる。

そんなローニャを心配して、妖精達が彼女の顔を覗《のぞ》き込んだ。呼吸をしていることを確認し、そっと彼女に寄り添う。

次から次へと集まってくる妖精を、オリフェドートはそっと制止した。このままでは、ローニャがゆっくり眠れない。

それらの妖精達の中には、幻獣の姿もあった。翼を引きずりながら、ローニャの前まで歩み寄る。

彼は、幻獣ラクレイン。

「……救われた……」

黒い唇を震わせて、そう呟く。

「人間など、信用できない……ましてや、貴族なんぞ……貴族なんぞ……」

ラクレインは、人間嫌いだ。貴族の人間は、特に信用できないと思っている。しかし、ローニャは人間であり、貴族の娘だ。

「ローニャは信用できる」

ローニャの頬を一撫《ひとな》でして、オリフェドートは告げる。

「命懸けで、この森を、我々を救ってくれた。――友だ」

ラクレインは、ローニャの前にそっと跪《ひざまず》いた。

「許可をくれ……精霊オリフェドート」

そして艶《つや》やかな羽を垂らして頭を下げ、ライトグリーンの瞳にローニャの姿を映し込む。

「この者に力を尽くすことを……この者を守るために、我の風を振るうことを。この者を守る、風となりたい」

「幻獣ラクレイン、我が友を守る風となることを許す」

オリフェドートは、許可を与えた。

それは、暖かな光が舞い上がる中の誓い。

穏やかな眠りに落ちたローニャのそばで、精霊と幻獣は確かに誓いを立てたのであった。

＊
❖
＊

──朝陽に導《みちび》かれるように、懐かしい夢からふわりと浮上する。今朝は、気持ち良く目覚めることができた。

私は、ほっと息を吐いて起き上がる。そしてググッと伸びをしてから、ベッドを下りて朝の支度を始めた。

まずは窓を開けて朝の風を受け、クローゼットから取り出したのは、鮮やかな青いドレス。余計な装飾のないシンプルなドレスを身にまとい、リボンをキュッと結んでウエストを締めた。

着替えを終えたあとは、クローゼットの鏡を見ながら白銀の髪をブラシで梳《と》かし、サイドに集めて緩い三つ編みにまとめた。リボンは、紺地に金色がちりばめられたもの。

準備を済ませた私は、一階に下りて店に入る。

朝の掃除を手伝ってもらうべく、妖精を呼ぼうとしたその時──

店のドアが風でふわりと開き、カランカランとベルの音が響いた。店内には無数の白い羽根とともに強風が入り込み、やがて風と羽根が渦《うず》を巻いていく。

とっさに目を閉じると、小鳥が羽ばたく時の音がした。その音に耳を澄ませつつ、ゆっくりと目を開く。

目の前にいたのは、人によく似た姿を取った幻獣ラクレイン。

胸元は頭から伸びた真っ白な羽根に覆《おお》われ、両腕はとても大きな翼の形をしている。

彼が翼を上げると、黄緑色の何かがポトポトと落ちてきた。蓮華《れんげ》の妖精、ロト達だ。

床に転がったロト達は、目を回して頭を揺らしている。けれどハッとした様子で一斉に立ち上がり、手を上に伸ばして決めポーズを取る。

着地は失敗してますけどね。

私はクスクス笑いつつ、朝の挨拶《あいさつ》をする。

「おはようございます、ラクレイン、ロトの皆さん」

「手土産だ。獣人傭兵団に食べさせるがいい」

「あら、ありがとうございます」

ラクレインが右の翼を高く上げると、白い羽根が渦巻《うずま》いて、小さな風が発生する。無数の白い羽根はカウンターテーブルの上に集まっていき、やがて光のように消えた。そこには、ガウーという名の動物が二体置かれている。見た目もサイズも子豚によく似た生きものだけど、これは大物だ。

今日は獣人傭兵団の皆さんに、ガウーをおすすめしよう。調合したハーブで下味を付けて、シンプルに焼き上げたガウーのステーキ。

「ではガウーを捌《さば》いている間、ロトの皆さんはお掃除をお願いします」

そう頼むと、ピシッと敬礼をして「あいっ！」と愛くるしい返事をするロト達。彼らは蜘蛛《くも》の子を散らすように店内へ散らばり、さっそく掃除に取りかかってくれる。

私もガウーをキッチンに運ぼうと腕まくりをしたところで、ラクレインがこちらをじっと見ていることに気付いた。

彼を見つめ返し、黒のリップが塗られたような唇が動くのを待つ。

「……仮定の話だが、シュナイダーが再びお主を求めたら、やり直すつもりはあるのか？」

私は目を見開いてしまう。

「……どうしたのですか？　急に」

シュナイダー・ゼオランド――私の元婚約者。

けれど、彼は私の運命の相手ではなかった。

「シュナイダーとは終わったのです。戻ることは……決してありません。彼は運命の人を見つけたのですから、復縁を望まれることもありませんわ」

そう言い切ると、ラクレインは素っ気なく頷いた。

「……それならいい」

こんなことを聞いてくるなんて、変なラクレイン。

私はガウーをキッチンに運び入れ、魔法を駆使して捌《さば》いていく。

「あ、そういえば……昨夜はあの日の夢を見たんです」

ふと夢のことを思い出し、キッチンから店内を覗《のぞ》き込む。すると、ラクレインはまだ同じ場所に立っていた。

彼は何も言わずに、こちらを見つめている。私はとりとめのない話を続けた。

「二年前の、悪魔に襲撃された日。悪魔を封印したあとに、オリフェドートが森を再生させた時の夢を見たのです」

私はそっと目を閉じて、夢でも見た光景を思い出す。

「緑の大地から湧き上がった、優しい光。命が生まれ変わりに行く時の光は、温かくて綺麗で……とても幻想的でした」

すべての力を使い切り、疲れ果てていた私は、その光をぼんやりと見つめていた。それからオリフェドートに膝枕をしてもらい、私もこの森に生まれ変わりたいと零《こぼ》したのだ。

「良い夢だと思ったけれど……よくよく考えると、悪魔に繋がる夢だから不吉な象徴？」

この世界の悪魔は、悪の根源のような存在。夢に出てきただけでも、浄化が必要となる。魔法を使える人は自分で対処し、使えない人は魔導師のもとで浄化の魔法をかけてもらうのだ。

オリフェドートの森も、魔導師であるグレイ様の魔法で浄化してもらった。

悪魔が直接出てきたわけじゃないから、今回は浄化の魔法は必要ないと思う。けれど、少し気になって首を傾げた。

「……否《いな》、我々の絆《きずな》が深まった日の夢だ。良い夢に決まっているだろう」

ラクレインはそう返してくれる。

ラクレインは、人嫌いの幻獣。だけどあの日をきっかけに、少しずつ心を開いてくれた。他の森の住人とも、より親しい関係を築けた、思い出の日だ。

「そうね、じゃあ……今日はとても良い夢を見ました」

私はそう言い直す。

すると、ラクレインは珍しくやわらかな表情を浮かべた。

「お主を追い回している者に、くれぐれも気を付けろ。我を呼べば、吹き飛ばしてやるが……」

ラクレインは、カウンターテーブルに鋭い目を向ける。そこには、祖父にもらった砂時計と、グレイ様にもらったアメジストが置かれていた。

「我だけでなく、グレイティアも呼ばねばならぬだろう。あの悪魔を完全に封印できるのは、奴だけだ。獣人傭兵団も付いているだろうが、何かあれば我を呼ぶがいい。瞬《また》く間に駆け付けて、封印するまでねじ伏せてやる」

ラクレインはそう言って、大きな翼から羽根を二本引き抜いた。淡い水色と緑色のグラデーションがかかった、美しい羽根。

これは、幻獣を瞬時に呼び出せるアイテムだ。二本あるのは、私と獣人傭兵団の分だろう。

「ありがとうございます、ラクレイン」

私は、触り心地の良い二本の羽根を受け取った。

ラクレインはまだ何か言いたげな様子だったけれど、やがて羽ばたきの音とともに去っていく。

私は首を傾げつつ、開店準備と朝食作りに取りかかった。もちろん、ガウーのステーキの仕込みも忘れずに。午後にやってくる獣人傭兵団の皆さんのことを思うと、自然と頬が緩むのだった。

――午前の慌ただしい時間は瞬《また》く間に過ぎていき、最後のお客さんを見送る。

街の建物が賊《ぞく》の方々の被害を受けてから、しばらくが経った。建物の修繕も進み、今では日常が戻っている。

私は紅茶を淹《い》れて、カウンター席に腰を下ろした。

ラズベリーティーを飲んでほっと一息ついていると、カランカランとベルが鳴る。今日は、いつもより早いご来店。

私はパッと立ち上がって、出迎える。

「いらっしゃいませ、皆さん」

まず店内に入ってきたのは、白いチーターのリュセさんだ。

彼は「ん」とだけ返事をすると、プイッと顔を背けてカウンター席に座る。

出会って間もない頃、リュセさんはどこかツンとした態度だった。最近は、「お嬢」と親しみを込めてじゃれてくれていたけれど、ここ最近は、ツンとした態度の日が多い。

嫌われてしまったのかしら。

けれど、飲んでいた紅茶のカップを片付けようとカウンターに近付いた瞬間、リュセさんの白い尻尾がふわりと身体を撫《な》でる。パッと振り向けば、サッと顔を背けるリュセさん。

……どうやら、嫌われているわけではなさそう。今はツン期で、デレはお休みなのかしら。

「腹減ったー、店長ー」

そう言ってテーブル席に座るのは、青い狼チセさんだ。

「今日は、ガウーのステーキがありますよ。ラクレインが持ってきてくれたんです」

微笑みながら伝えると、チセさんの目がカッと開かれた。

「食う食う！」

青い尻尾をぶんぶん振るチセさんの向かいの席に、純黒《じゅんこく》の獅子シゼさんが腰を下ろす。

「オレも、同じもの。飲みものはいつもので」

シゼさんの低い声に、私は笑顔で答えた。

「かしこまりました」

「僕も、それでいいよ。ただ、少なめで。飲みものはラテをお願い」

そんな声を上げたのは、緑のジャッカル、セナさん。

彼はシゼさんとチセさんの隣のテーブル席に腰を下ろし、分厚い本を開いた。

リュセさんのほうをうかがうと、目を逸《そ》らしつつも頷いたから、皆さんと同じメニューでいいみたい。

私はさっそくキッチンへ向かい、飲みものの準備を始める。それを先に配膳すると、今度はステーキの準備。

視線を感じて店内を覗《のぞ》き込むと、こちらをじっと見ているリュセさんが目に入る。彼は、魔法で調理されているステーキに興味津々《きょうみしんしん》だ。一方の私は、ゆらゆら揺れる彼の尻尾が気になって仕方ない。

リュセさんの尻尾を気にしつつ、なんとかステーキを焼き終えて、店内に戻った。

「お待たせしました、ガウーステーキです」

「おおー！　匂いも最高！　いっただきまーす！」

ハーブでしっかり下味を付けたステーキを出すと、待ってましたと言わんばかりに、チセさんがかぶり付いた。

「あら……セナさん、また悪魔に関する書物を読んでいるのですか？」

セナさんがテーブルに置いた本を見て、思わず声を上げてしまう。

「うん。備えは、あって困るものじゃないからね」

しれっと返すセナさんに、私は苦笑を零《こぼ》す。

「勤勉ですね。ですが、心配しなくても大丈夫ですよ」

すると、リュセさんが苛立《いらだ》ったような声を上げた。

「なんだよ、それ。あの魔導師がいるから、オレらは必要ねーってこと⁉」

彼はカウンターに置かれたアメジストをキッと睨《にら》み、尻尾で床に落としてしまう。リュセさんは、どうもグレイ様のことがお気に召さないらしい。このアメジストも、時々隠してしまう。悪戯《いたずら》っ子《こ》な猫さんだ。

私はアメジストを拾いながら答える。

「いえ、そういうわけでは……。悪魔が私を見つける可能性は低いから大丈夫、ということです。あ、そういえば、ラクレインがもしもの時にと、これを……」

私は今朝の出来事を思い出し、ラクレインの羽根を取り出した。

シゼさん以外、こちらに注目する。

「もし悪魔が来た時には、呼べとのことです。この羽根に力を込めれば、瞬《また》く間にラクレインが駆け付けてくれます」

獣人傭兵団の皆さんへの羽根は一枚。誰に渡しておくべきかと、見回す。

本来は、ボスのシゼさんに渡すのが一番だと思うけど……興味はまるでなさそう。

そこで副リーダーのセナさんに差し出したら、チセさんがそれをひょいっと取り上げた。

「ラクレインをいつでも呼べるのか！　なら、今呼ぼうぜ！　一緒にステーキ食おうぜ！」

「あのね、幻獣をそう簡単に呼び出すなんて、できないよ。これは、しかるべき時に僕が使う」

セナさんはそう言って、チセさんから羽根を取り返す。そしてそのまま素早く本に挟み込んでしまった。

「ええー、ケチー！」

むくれた様子で声を上げるチセさん。一方、リュセさんは別の理由でむくれていた。

「なんでラクレインを呼ぶんだよー。オレ達が付いてるじゃん。魔導師に封印してもらうより、消滅させりゃいいじゃん」

「そうだよな。オレらだって、悪魔の一匹くらい駆除できるぞ。なめんな、店長」

もぐもぐステーキを咀嚼《そしゃく》しながら、リュセさんに同調するチセさん。

……お二人は、知らないのでしょうか？

「残念ですが、悪魔は駆除できません。滅びの黒地《くろち》をご存じありませんか？」

「くろち……あー、聞いたことあるような」

リュセさんは、そう言って首を傾げた。チセさんのほうは、唸《うな》りながらステーキを食べ続けている。

　そこでセナさんが深いため息を零《こぼ》した。

「はるか昔からある、滅びの黒地《くろち》。魔物も近寄れないくらい毒々しい瘴気《しょうき》に満ちていて、土までも黒ずんだ地のことだよ。昔、話したことがあるだろう。忘れたの？　そこにはもともと国があったけど、悪魔に目を付けられてしまった。国はどんどん衰退していき、ある時、勇者が国を救うために悪魔と対決をして――」

「あー、負けたのか。だから滅んだんだろ？」

　口を挟んだチセさんに、セナさんは厳しい声を上げる。

「違うよ、バカ」

　私は苦笑しつつ、かわりに答える。

「勝ったからこそ、滅んでしまったのです」

「え？　なんで……だって、勇者が勝ったんだろ？」

　納得がいかない様子でリュセさんが声を上げる。

「悪魔は、消滅する時に悪い魔力を放出して、その地を汚《けが》してしまうそうです。勇者はトドメを刺してしまいました。そのせいで、国が滅んでしまったと言われています」

「だから、悪魔は封印するしかないんだよ」

「……ふーん」

私とセナさんの説明に、リュセさんはひとまず納得したような声を上げた。

「うわー、悪魔って死んでもタチ悪いのかよ。店長、そんなのに目を付けられてるなんて、最悪じゃねーか」

チセさんが同情した様子で言う。

とその時、シゼさんが私を呼んだ。

「店長」

彼のほうを向くと、お皿の上のステーキが綺麗になくなっていた。

「食後のコーヒーですね？」

確認すると、シゼさんは静かに頷く。私はキッチンでコーヒーを淹《い》れて、彼の席に運ぶ。

「そういえば、君を狙っている悪魔ってどんな姿なの？」

セナさんの突然の問いかけに、私は少し考え込む。

「悪魔は、男性と女性――両方の姿を持っています。相手によって惑わせやすいほうの姿を取るようですが、私を狙っている悪魔は、男女両方の姿で現れたことがあります。漆黒の長髪に、赤いアイラインの引かれた灰色の瞳。二十代くらいで、男性の時には黒いローブをまとい、女性の時には髪をツインテールにしてお洒落《しゃれ》なドレスを着ています。黒を好みますので、服の色は真っ黒です。加えて、獣人である皆さんなら、きっと禍々《まがまが》しい魔力に気が付くでしょう」

「真っ黒で、禍々《まがまが》しい魔力の奴な。わかったー」

チセさんは軽い調子で頷きつつ、オレンジジュースを飲み干した。

そのあと、私もカウンター席に腰を下ろしてランチを取り、獣人傭兵団の皆さんとまったりした時間を過ごした。

やがてシゼさんが立ち上がり、私に向かってもふもふの黒い手を差し出してくる。

「美味《うま》かった。ラクレインに礼を伝えてくれ」

シゼさんはそう言って、金貨を一枚手渡してきた。

「ありがとうございました。……今日はもうお帰りですか？」

「ああ、寝る」

眠たそうな声で答えるシゼさん。

ちょっぴり残念ですが、仕方ありませんね。

「ありがとうございました、またいらしてくださいね」

私は皆さんと一緒に外へ出て、手を振りながら見送る。

すると、セナさんだけが別の方角へ進んだ。

あの道の先には本屋さんがある。きっと本を探しに行ったのでしょう。

本好きのセナさんらしい。

私はクスッと笑ってしまった。

店内に戻り、片付けを始める。

……うん、やっぱり残念です。獣人傭兵団の皆さんが帰ってしまった店内は、なんだか急に広く感じられて、すごく寂《さび》しい。

とその時、お店の床の中央に光る円が現れた。「あいっあいっ」と可愛らしい声が響き、円から三列に並んで行進するロト達が出てくる。足も手もぴったりと合わせていて、上手な行進だ。

「こんにちは」

しゃがんで挨拶《あいさつ》すると、ロト達はぴたりと止まり、周囲をキョロキョロ見回した。

「獣人傭兵団の皆さんなら、帰ってしまいました」

すると、ロト達はあからさまにガッカリした様子を見せる。

オリフェドートの森で一緒にお昼寝をした時、以前より打ち解けることができたみたい。まだセナさんにしか懐いていないけれど、他の三人との距離は今までより近くなった。

肩を落とすロト達に、ケーキを振る舞う。すると、すぐに機嫌を直してくれた。

そしていつものように、掃除の手伝いをしてもらったのだった。

3　本の贈り物。

「店長さん、今日のケーキも美味《おい》しい！」

カウンター席から嬉しい感想をくれるのは、個性的な装《よそお》いのセリーナさん。

今日の彼女は、黄緑色の長い髪にリボンを絡め、ポニーテールにまとめている。服装は、フリルをあしらったピンクのブラウスにコルセット、ショートパンツに黒い革のロングブーツを合わせていて、とてもお洒落《しゃれ》だ。

「ありがとうございます。お持ち帰り用のケーキもご準備しましょうか？」

帰り際に、よくテイクアウトでケーキを買ってくださるセリーナさん。私が尋ねると、元気よく頷いた。

「うん！　兄さんが今、家で本に夢中になってるから、お土産にしよう。んー……チョコレートのケーキとフルーツのタルトをください！　店長さん」

セリーナさんには、髪をセットしてくれる優しいお兄さんがいるらしい。仲がとても良さそうで、少しだけ羨《うらや》ましい。

「かしこまりました」

他のお客さんに注文された品を配膳しつつ、テイクアウト用のケーキも準備する。

それからしばらくして、セリーナさんが席を立った。私はお会計を済ませて、ケーキの入った箱を手渡す。

「またのご来店、お待ちしています」

「はい！　ごちそうさまでしたー」

セリーナさんは元気よくお店を出ていく。

その後も慌ただしく接客していると、あっという間にお昼前になった。

最後のお客さんが去っていき、ふうと息を吐く。そして一休みしようとしたところで――

カランカランとドアのベルが鳴り、興奮した様子のセナさんが現れた。

「ローニャ。この本、読んだ？」

セナさんは、右手に持っていた本を私に向かって突き出す。

普段は冷静で物静かなのに、珍しい。頭の上の大きな耳はピクピク動いていて、ボリュームたっぷりの尻尾もふりふり揺れている。

「いらっしゃいませ、セナさん。えっと、この本は……読んだことはありません」

私はにっこり笑って挨拶《あいさつ》してから、タイトルを確認した。それは、小説のようだった。

昨日、やっぱり本屋さんに寄って見つけたのでしょうか。

私の答えに、セナさんは目を輝かせた。

「それなら、読んでみて」

この様子から察するに、相当面白いらしい。

「セナさんがそこまですすめてくださるのなら、私も本屋さんで買ってみますね」

そう答えると、セナさんはぶんぶんと首を横に振り、もう片方の手を上げた。そこには、同じ本が握られている。

「いいんだよ、君へのプレゼントで買ったんだ。僕のはこっち」

予想外の言葉に、私は目を丸くする。

「ローニャに読んでほしいんだ。だから受け取って。……もっとも、君が気にいるかどうかはわからないけど」

少しだけ耳を下げたセナさんを見て、私は本を受け取ることにした。

「ありがとうございます、セナさん。読ませていただきますね」

誰かにプレゼントしたい――そう思えるほどの本と出会えるのは、素敵なことだ。

いつか私も、セナさんに本をプレゼントできるかしら。

「何か飲まれますか？」

今はまだお昼前。セナさんは今日、非番なのかもしれません。他の皆さんは、もう少しあとで来るのでしょう。

私は飲みものを準備するべく、キッチンへ向かおうとする。けれど、セナさんの手が伸びてきて私の腕を掴んだ。

「接客はいいから、一話だけでも読んでみて」

「あら、駄目ですよ、セナさん。注文をしてください。私はラテにします。セナさんは？」

「……僕も、ラテ」

「はい、ただいまお持ちしますね」

セナさんは、そわそわしながらカウンターの席に腰を下ろす。その様子が微笑ましくて、笑いを堪《こら》えながらラテを淹《い》れた。

普段はセナさんが、チセさん達を窘《たしな》めている側なのに。なんだかちょっと可愛らしい。

「……」

二人分のラテを手に戻ると、セナさんがパッとこちらを見た。

セナさんの視線に急《せ》かされつつ、私は彼の隣に腰を下ろして本を開く。

最初は視線が気になっていたけれど、文字を追ううちに、気にならなくなった。あっという間に引き込まれて、一話を読み終えてしまう。

　私は、セナさんに向き直って口を開いた。

「……とても、面白いです」

「だよね」

「はい」

「気に入った?」

「はい」

　セナさんの尻尾が、ふるふると揺れる。とても嬉しげな様子だ。

　もう少し感想を伝えるべきだと思うのに、なかなか言葉が見つからない。私は興奮を抑えつつ、話し始めた。

「冒頭から、ぐっと世界観に引き込まれました。文章が魅力的で……どんどんページをめくってしまいます。……以前、セナさんにお借りした本の作家さんと、少し似ている気がしました。セナさん好みの書き方ですよね」

「うん、そうなんだ。新しい作家みたいでね」

「設定も、変わっていて良いですね」

　冒頭では、謎に包まれている女性の主人公。読み進めるにつれて、彼女の正体に衝撃を受ける。彼女は、巷《ちまた》で有名な殺人鬼だったのだ。けれど、ただ人を殺《あや》めているわけではない。彼女が手にかけるのは、吸血鬼達。そして主人公もまた、吸血鬼だった。人間の中に紛れ込んだ吸血鬼達を狩る、美しい主人公の物語だ。

ちなみに、この世界にも吸血鬼は存在する。夜に現れるモンスター達を総称して魔物と呼んでいるため、吸血鬼もまた魔物の一種だ。

魔物が主人公の小説を読むのは、この世界では初めてだった。斬新な設定だと思う。

「……ただ、好みは分かれそうですね」

誰もが気に入るとは限らない。

大衆受けするかどうかは、微妙な作品だ。

セナさんは、私の言葉にこくこく頷く。

「そうなんだ。こういうダークな内容の本って、本屋の隅っこに追いやられて埃《ほこり》を被っちゃうからね。でも、ローニャが気に入ってくれて良かった」

「ふふ、プレゼントしてくださって、ありがとうございます」

まだ一話しか読んでいないけれど、スリル満点のこの本は読み応《ごた》えがありそう。

セナさんは、やわらかくて優しい笑みを浮かべた。

「二話も読んでみて。もっと引き込まれるから」

再びセナさんに促《うなが》されて、ページをめくる。

すると、セナさんの尻尾が膝にぽふっと乗せられた。

魅力的なもふもふにドキドキしてしまう。そっと尻尾を撫《な》でつつ、読書を続けた。

手入れの行き届いているセナさんの尻尾は、触り心地も抜群。とても滑《なめ》らかで、ふわふわしている。

尻尾と小説を堪能《たんのう》しながら、まったりした時間を過ごしていると、ドアのベルがカランカランと鳴った。

パッと振り返れば、そこに立っていたのは獣人傭兵団の皆さん。

「いらっしゃいませ」

私は席から立ち上がり、リュセさん達を迎えた。

セナさんは、心なしか残念そう。私も本の続きは気になるけれど、仕事だからね。

リュセさんは不機嫌そうに顔をしかめつつ、セナさんとの間に椅子を一つ挟んでカウンター席に着いた。

今日は、ご機嫌斜めなのかしら。

私は首を傾げつつ、カウンターテーブルを軽く拭《ふ》く。

セナさんは引き続きカウンター席に陣取り、シゼさんとチセさんはいつものテーブル席に座った。

それから注文を取り、皆さんに食事をご提供。

今日は私も一緒に、ランチタイム。アボカドのサンドイッチを自分用に作った。

食事が終わって人心地ついたあとは、本を開いて読書の続き。

すると、左隣に座るセナさんが再び膝の上に尻尾を置いてきた。だから、私はその尻尾にまたまた手を伸ばす。

けれど指がふわふわの毛に沈む前に、真っ白な尻尾が私の手に絡み付いた。

この尻尾の持ち主は、右隣に座るリュセさん。

なんとか緑のもふもふに触れようとするけれど、白いもふもふに阻《はば》まれる。

セナさんは、リュセさんの尻尾を見て呆れた視線を送った。

「読書の邪魔しないでよ、リュセ」

セナさんはそう言いつつ、ふわふわの尻尾を膝の上でふりふりと動かした。それから私の肩口に顔を近付けて、ピンと立った耳をすり寄せてくる。

そんなセナさんを見て、リュセさんは震え上がった。

「読む邪魔なんてしてねーし！」

リュセさんは、セナさんの尻尾に手を伸ばす。けれどセナさんはその手をひょいっとかわし、二人の攻防が始まる。

私は、セナさんからの急接近にドキドキしつつ、平常心、平常心……と心の中で呟いた。

「……店長」

とその時、シゼさんから呼ばれる。

はいはい、コーヒーをご所望ですね。

私はサッと立ち上がり、キッチンでコーヒーを準備する。

そして手際よくシゼさんのもとへ運ぶと、じっと見上げられてしまった。他に注文でもしたいのかしら？

「フォンダンショコラ、召し上がりますか？」と確認してみると、シゼさんは静かに頷く。

チセさんからも熱い視線を送られたので、同じように尋ねてみる。ブンブン激しく頷くチセさんは、とても微笑ましい。

シゼさんとチセさんのもとにケーキを運ぶと、シゼさんから手を掴まれた。そのまま軽く引っ張られて、彼の隣の席に座らされる。

「カクテル作りはどうなったんだ？」

そう問いかけてくるシゼさん。

以前、彼からお酒の席に誘われて、断ったことがある。その時に、かわりといってはなんだけど、チョコレートのカクテルを作ってみるから、このお店で一緒に飲もうと話したのだ。

「今、試行錯誤しているところです。でも、まだ納得がいかなくて……」

「試しに飲んでやる」

「いえ、皆さんには完成したものをお出ししたいのです」

きっぱりそう返すと、シゼさんが目を細めた。

「客として、この店で酒を飲むつもりはないぞ」

釘を刺すように言うシゼさん。きっと、友情の証《あかし》として——ということでしょう。

「わかっています。ただ、私は美味《おい》しいものを飲んでもらいたいだけです」

「……あまり待たせるなよ」

シゼさんはそう言って、フォンダンショコラに目を向けた。そしてケーキを食べながら、私の膝の上にぽすんと純黒《じゅんこく》の尻尾を乗せる。

思わず目を瞬《またた》かせてしまった。

こ、これは……もふもふしてもいいのですか？

恐るおそる、もふもふの先っぽに触れる。

ふわふわっ！　想像以上にふわふわ！

しばらくシゼさんの尻尾を堪能《たんのう》していると、カウンター席のセナさんから声をかけられた。

「ローニャ。ショートケーキを頼める？」

「は、はい」

もふもふに夢中になっていた私は、ビクッとしつつ立ち上がる。そしてキッチンへ向かい、ケーキの準備をして店内へ戻った。

セナさんの前にショートケーキを置くと、リュセさんがニヤニヤしながら尋ねてくる。

「そもそも、お嬢ってお酒飲めるのー？　なんか弱そー」

私の年齢は十六歳。この世界では、お酒を飲んでもいい年だけど、パーティーでワインを嗜《たしな》む程度だ。

「強いお酒は飲んだことがありませんし……そこまで多く飲んだこともありませんから、お酒に強いのか弱いのかはわかりません」

リュセさんに向かってそう答えると、セナさんが目を細めた。

「強いお酒は……ね。まぁ、お酒に強いも弱いもいらないでしょ。味わうか、酔っ払うかのどっちかなんだからさ」

私は、ショートケーキをつつくセナさんの隣に再び座り、読書を再開する。

すると、緑の尻尾と白い尻尾の攻防も再開。

最初は気になって仕方がなかったけれど、ページをめくるにつれて、だんだん気にならなくなる。

それから、随分《ずいぶん》読書ともふもふを楽しんでいたと思う。気が付けば、皆さんが帰る時間になっていた。

セナさんに、続きが気になって仕方ないと伝えたところ、彼はくすくす笑いながら言う。

「またお風呂で読んで、倒れないでよね」

この前、セナさんに本を借りた時は、お風呂で夢中になりすぎて、風邪を引いてしまったんでした。

私は「気を付けます」と返し、獣人傭兵団の皆さんを見送った。

それからカウンター席に戻り、そっと本を開く。あと少し、あと少しだけ……と思っているうちに、ロト達がやってきた。掃除を手伝いに来てくれたのだ。

私は、慌てて本を閉じる。すべきことは、しっかりしましょう。

「今日もありがとうございます」

お辞儀をして感謝の言葉を伝えると、ロト達もぺこりと頭を下げた。それから、一緒に掃除を始める。

——今日はもふもふの尻尾がいっぱいで、とても幸せな一日でした。

4　友だち以上。＊セナ＊

その日、ローニャの店を出た僕は、家に帰る前に本屋へ寄ることにした。

シゼ達に比べて、僕は体力がない。だから他の皆より非番の日が多く、今夜と明日は休みだった。その間に、ゆっくり本を読もうと思っている。

店のドアを開けて中に入ると、他の客がギョッとしたような表情でこちらに注目する。彼らは、僕を避けるように店を出ていった。もっとも、これはいつものことだから気にしない。この街で獣人傭兵団のことを快《こころよ》く迎えてくれるのは、ローニャくらいだ。

怯《おび》えた様子の店主と目が合う。けれど、追い出されることはないから、何か面白そうな本がないかゆっくり店内を探す。

すると、新しい本の並べられた棚に、気になるタイトルを見つけた。手に取って最初の数ページを読んでみたところ、とてつもなく面白い。

早く続きを読みたいと思った僕は、さっそくその本を購入し、急いで家へ帰った。

帰宅するなりソファで本を読み始めた僕を見て、弟のセスは呆れた様子だった。

けれどセスの反応は気にせず、ひたすらページをめくる。しばらくすると、セスがお茶を淹《い》れてくれた。僕は本を閉じて、ありがたくカップに口を付ける。そしてこの面白い本について話そうとしたが、すぐに思い直した。

セスは、読書に興味がない。それは、シゼ達も同じだ。

だけど、誰かにこの本の話をしたい。そう切望した時、浮かんだのは一人の少女の顔だった。

新しい友だちローニャ。

彼女なら、本の話に付き合ってくれるだろう。

この本は好みの分かれそうな内容だけど、もしかしたら気に入ってくれるかもしれない。

そう考えたら、いてもたってもいられなくなった。

できることなら、明日の朝から彼女の店に顔を出したい。けれど、午前中は人間の客がたくさん来ているから、僕が行くと営業妨害になりかねない。

客足が途絶えた瞬間に入店しようと決めて、僕は再び本を開いた。

──翌日。ローニャの店へ向かう途中、僕は本屋に寄った。彼女に、同じ本をプレゼントすることにしたのだ。

ローニャが気に入るとは限らない。ただ、どうしても僕の気に入った本を贈りたかった。

それから喫茶店へ向かうと、タイミングよく他の客はいなかった。僕は店のドアを勢いよく開けて、挨拶《あいさつ》もせずに本を突き付ける。

ローニャは、いつものように笑顔で挨拶《あいさつ》をする。そして急《せ》かす僕を宥《なだ》めつつ、飲みものの準備をしてからようやく本を開いてくれた。

ローニャは気に入ってくれるだろうか。ドキドキしながら待つ。

僕の隣に腰かけた彼女は、背筋をピンと伸ばして本に目を落としている。その食い入るような表情からして、少なからず気に入ってくれたことがわかった。

一話を読み終えた彼女の感想は、僕が抱いた感想とほとんど同じだった。それがすごく嬉しくて、興奮してしまう。

僕は、続きを読み始めたローニャの膝に尻尾を乗せた。無性にじゃれたい気分だったんだ。

ローニャにこの本をプレゼントして、本当に良かった。

……思えば、誰かに何かを贈りたいと思ったのは初めてだ。どこか不思議な気持ちになる。

この気持ちはなんだろう。

その答えを探していたら、リュセ達がやってきた。

正直なところ、残念に思う。あとちょっとで、答えがわかりそうだったのに。それに、もう少し二人きりで過ごしたかった。

そういう感情も初めてだと気付き、僕はどこかくすぐったい気分になる。

名前のわからない感情ではあるけれど、それが僕にとって大事なものだということだけはわかった。

5　予期せぬ来客。

セナさんから本をいただいた翌日。

慌ただしい午前の接客が終わり、ランチも済ませた。

獣人傭兵団の皆さんが来るのは、もう少しあとだろう。私は、カウンターの中で本を開く。

けれども、すぐにカランカランとドアのベルが鳴った。

パッと振り返ると、そこに立っていたのは初めて見るお客さん。

整った顔立ちをした面長の男性で、年齢はおそらく四十代前後。深緑に艶《つや》めく長めの髪は、黄色いラインの入った緑のリボンで束《たば》ねられているが、少々乱れている。

ストライプ柄のシャツにネクタイを締め、ベストとジャケットの上から羽織《はお》ったコートには、美しい装飾が施《ほどこ》されていた。けれど、全体的にどこかくたびれていて、黒い革靴にも汚れが付いたまま。

私と目が合うと、彼の顔にはおおらかな笑みが浮かんだ。ただ目の下にはうっすらとクマが浮かんでいて、とても眠たそう。

「……いらっしゃいませ」

本を閉じて、微笑んで挨拶《あいさつ》をする。

「やぁ。君の淹《い》れるコーヒーを飲むと、仕事が捗《はかど》るって聞いてね。あ、私はオスカリー・リース。こう見えて男爵だよ」

茶目っ気たっぷりに、自己紹介をしてくれたリース男爵様。

この街の男爵様といえば、領主様に他ならない。私はすぐに立ち上がり、彼のもとへ近付いた。

挨拶《あいさつ》も兼ねて握手をしようか迷ったものの、男爵様は両手に書類の山を抱えている。私の意図に気が付いたようで、男爵様は肩をすくめて見せた。

「お越しいただけて光栄です、リース男爵様」

私は軽く膝を曲げて会釈《えしゃく》する。

「すまないが、カウンターを占領しても構わないかな？　午後は獣人傭兵団しか来ないと聞くし、迷惑にはならないだろう？」

「ええ、構いません。お持ちいたします」

「いやいや。レディーに持たせるわけにはいかないよ。大丈夫さ、よっと！」

男爵様はよろよろと店内を進み、書類の山をどさっとカウンターテーブルに載せた。

「ご注文はいかがなさいますか？　不躾《ぶしつけ》ながら、寝不足のように見受けられます。先に睡眠を取ってからお仕事をされたほうがよろしいかと……」

そう口にすると、席に座った男爵様が目を潤《うる》ませて答えた。

「優しい……本当に優しいんだね……！　評判以上だ！　えっと、名前はなんだったかな……確か、ローニャ……ファミリーネームは？」

感激した様子で名前を尋ねられたけれど、この街でファミリーネームを答えたことはない。私はきっぱりと言った。

「ただのローニャです」

こう答えれば、大抵の人は察してくれて、それ以上追及してこない。

「そうか、ローニャお嬢さん。いやね、睡眠を取りたいのは山々なんだが、この通り、書類が山々でね……」

……書類が山々？

あぁ、ダジャレのつもりかしら。

男爵様は遠い目をして、言葉を続ける。

「ただでさえ書類が多くて大変なのに、ここへ来る途中、風でめちゃくちゃにされてしまってね……ううっ。一から整理をしたあとで、目を通してサインしないと……ううっ……せめて私に秘書がいたら……」

男爵様は涙ぐみつつ書類に手を伸ばし、さっそく整理を始めた。

「あぁ、妖精の手も借りたいっ！」

……うちに妖精のお手伝いさんはいますが、書類整理のお力にはなれないと思います。

「そうだ、お嬢さん。評判のコーヒーをいただけないかい？」

「はい……ただいまお持ちいたしますね」

砂糖とミルクについて尋ねると、砂糖なし、ミルク入りのコーヒーをご所望とのこと。

私はキッチンへ戻ってコーヒーを淹《い》れ、男爵様のもとに運んだ。

「んー、良い香りだね。評判通りだ」

……先ほどから、「評判」という言葉がちょこちょこ出てくる。私は気になって尋ねてみた。

「あの、どなたの評判を聞いて来てくださったのですか？」

「ん？ 皆だよ。君が良い子だって、街の人達が言っていた。シゼも君の話をするし、セナ君もすすめてくれてね」

獣人傭兵団の皆さんを雇っているのは、この街の男爵様。街の人々とは違って、獣人の皆さんと親しくしていると聞きました。

街の人々だけでなく、シゼさんとセナさんまでこのお店をすすめてくれたと聞いて、とても嬉しくなってしまう。

それにしても、セナさんは君付けで、シゼさんは呼び捨てだった。そういえば、シゼさんの父親とは特に親しい間柄だったと聞いた。そのことについて尋ねてみようとしたところ、男爵様はコーヒーを一気に飲み干した。

「んんー、素晴らしいコクだね。やっぱりコーヒーは熱めに限る。ホッとするよ。喉からじんわりと熱が広がって……ちょうどいい……ねむ……け……が……」

瞼《まぶた》がとろんと落ちてきて、男爵様の顔が下がっていった。そして最後には、カウンターテーブルに突っ伏してしまう。

コーヒーは眠気覚ましに飲む人も多いのに、男爵様は眠ってしまったみたい。すやすやと寝息を立てている。

よほど疲れていたのでしょう。

起こすのは気が引けるけれど、仕事をしなければならないとおっしゃっていたし……起こしたほうがいいかしら？　それとも、少し仮眠を取ってからにする？

迷いながら、何気なく書類へ目を向ける。

一番上に置かれていたのは、この間、獣人傭兵団の皆さんが賊《ぞく》の方々と戦った際の被害について。街のすぐそばでの出来事だったから、建物の修繕費もそれなりの額だ。

あの日、結界を張って街を守るお手伝いをした私は、獣人傭兵団の皆さんから報酬《ほうしゅう》をいただいてしまった。それを彼らからの修繕費だと言い、街の方にこっそり渡したのだけれど……報告書には、どう記載されているのかしら？

領主様の書類を勝手に見るのは悪いことだと思いつつ、私はエプロンのポケットからラオーラリングを取り出した。

これは、念力を発動させることができる魔法アクセサリー。

リーフをモチーフにしたリングを右手の中指に嵌《は》めて、書類をすべて宙に浮かせる。

それから一枚ずつざっと内容を確認し、整理しながら目的の報告書を探した。

まだ学園にいる頃、社会勉強の一環として、父の領地にある婦人服店の経営を任されていた。他にも領地経営について簡単に学んだことがあるから、こういった書類の整理をした経験もある。

私は男爵様が目を通しやすいように、項目ごとに書類を分けていった。

目的の報告書の続きも発見し、修繕費が獣人傭兵団から支払われていることを知って安堵する。書類に、私の名前は書かれていなかった。

男爵様には、私が獣人傭兵団の皆さんから報酬《ほうしゅう》を受け取った経緯を知られたくないし、もし書類に私の名前が書かれていた場合、家族が私を見つけるきっかけになる可能性だってある。

「リース男爵様」

二十分ほど経ったところで、私はそっと声をかけた。

男爵様は、ダークチョコレート色の目を見開いて飛び起きた。

「寝ていたか⁉」

「うたた寝していただけですよ」

「そ、そうか……おお、いつの間にか書類がまとまっている。これもお嬢さんのコーヒーのおかげかな！」

……どうやら、男爵様は都合の良い勘違いをしてくれたみたい。私は誤魔化《ごまか》すように笑みを浮かべた。

「甘いものはいかがですか？」

「是非、いただこう」

その後、男爵様は笑顔でケーキを食べつつ、書類に目を通していった。仮眠を取ったおかげか、スラスラとサインをしていき、一時間もしないうちに仕事が終わる。

「ふー、これでようやく安心して眠れる。ありがとう、ローニャお嬢さん——いや、店長。評判以上の素晴らしい店だね」

「こちらこそ、お褒めいただきありがとうございます。あ、これからおやすみになられるのなら、お持ち帰りでココアはいかがですか？　よく眠れると思いますよ」

「……ほんっとうに、優しいんだね」

また涙ぐむ男爵様に、テイクアウト用のココアを手渡す。けれど彼は、その場で飲み干した。

……寝落ちしてしまわないかしら？

私は店のドアを開けて、男爵様を見送る。すると――

「何から何まで、ありがとう。妖精さん」

すれ違いざまに、再びお礼を言われる。

妖精さんと呼ばれて、一瞬なんのことだかわからない。首を傾げていると、男爵様は衝撃的な言葉を口にした。

「それではご機嫌よう、ガヴィーゼラ伯爵令嬢」

私はビクリと身体を震わせ、固まってしまった。

男爵様は、鼻歌を歌いながら上機嫌に帰っていく。

この街で、誰も知るはずのない私のファミリーネーム。彼は初めから知っていたのだ、私が伯爵令嬢であると。

隠居している祖父曰《いわ》く、リース男爵様は滅多に王都へ足を運ばない人で、貴族同士の交流もあまりなく、私のことを知らないはずだった。

けれど、それは違っていた。男爵様は、すべて知っていてここを訪ねてきた。

ああ、まずい。

口止めをしないと、兄に――家族に居場所がバレてしまうかもしれない。……いえ、貴族の令嬢が王都から離れた場所で喫茶店を開いているのだもの。私が訳ありでここに暮らしていることは、理解してくれているでしょう。

……後日、改めて挨拶《あいさつ》をして、事情を話してみよう。それに、ファミリーネームを尋ねられた時の非礼も謝らなくちゃ。

深呼吸しながら心を落ち着かせていると、今度は別のことが気になってくる。

男爵様が私の正体を知っているとなると、シゼさん達はどうなのだろう。男爵様から聞いているのかしら。

すべてを知っていて、それでも関係ないと通い続けてくれているの？　それとも、まだ知らない？

ぼんやりうつむいて考え込んでいた私は、お客様の来店に気が付かなかった。

「お嬢？」

「っ！」

そう呼ばれて、ハッと我に返る。

目の前には、純白の髪の青年が立っている。陽射しでキラキラ輝く髪の隙間から、ライトブルーの瞳が覗《のぞ》く。とても整った顔立ちの彼は、人間の姿のリュセさんだ。

時刻は、午後二時を回ったところ。

「あ、いらっしゃいませ、リュセさん」

「……」

リュセさんは、身を屈《かが》めて私を覗《のぞ》き込む。そして「あ！」と声を上げるものだから、小さく震えてしまった。

「お嬢、また本読みながら長風呂したな？　顔色がちょっと悪いぞ」

「へ？　……いえ、そんなことはしていませんが」

「ほんとかよ」

リュセさんは、私の額に手を伸ばす。温かい手だ。

「熱はないみたいだけど、ちょっと休めよ」

「あ、あの、本当に大丈夫ですよ」

心配してくれるリュセさんに背中を押され、カウンター席に座らされる。

リュセさんのあとから店に入ってきたのは、緑の髪の小柄な青年。セナさんだ。

「どうかしたの？」

「なんだよ、店長、不調か？」

セナさんの後ろから顔を出したのは、真っ青な髪の青年、チセさん。

「違いますって」

私は笑いながら、そう伝える。

最後に、漆黒の髪をオールバックにした男性が入ってきた。瞳は琥珀色《こはくいろ》で、鋭い眼差《まなざ》し。漆黒の上着を肩にかけている男性は、シゼさんだ。

「いらっしゃいませ。今、片付けますので少々お待ちください」

男爵様のお皿とカップを片付けようとすると、カウンターテーブルに寄りかかっていたリュセさんから、わたあめみたいなふっくらした白い煙が漂《ただよ》った。そして一瞬ののち、煙を突き破るようにして、純白のチーターが現れる。

「この匂い……男爵、来てたのか」

スンスンと鼻を鳴らして、リュセさんは言う。

「男爵、暇してんだろー」

チセさんの声に振り返ると、皆さんが獣人の姿に変身していた。

変身の瞬間を見そびれてしまって、ちょっと残念。

「仕事を抱えていらっしゃいましたので、お忙しいみたいですよ」

そう口にしたけれど、セナさんがキッパリと言い切る。

「サボって仕事を溜めすぎていただけだよ」

それ以上、男爵様の話は続かず、皆さんは私の体調が悪くないとわかると、注文をしてくれた。そして、いつも通りのランチタイム。

けれど私は、彼らが私の素性を知っているのかどうかが気になってしまって、読書もままならなかった。

「……あの、男爵様とは普段どんな会話をするのですか？」

興味本位を装《よそお》って、それとなく探ってみる。

「オレとチセは、別に話さないぜ？」

夢中で食べているチセさんの分まで答えたのは、リュセさん。

「僕も仕事関係の話くらいだよ。ああ、報告書を渡したついでに、君のコーヒーをすすめた」

「ありがとうございます」

セナさんは小説のページをめくりながら言う。

残るシゼさんに目を向けるけれど、もくもくとステーキを食べているだけ。

シゼさんは、男爵様とはお酒を飲む仲だと聞きました。

それなりに話していそう。その内容が気になってしょうがない。

「シゼさんは、男爵様と一番親しいのですよね。普段はどんなことを話しているのですか？」

「……他愛ないこと」

「……そうですか」

無口なシゼさんから聞き出すのは、無理だと感じた。

かといって、直球で尋ねることはできない。

私の素性を知っていますか……だなんて。どうにも抵抗がある。

――結局、その日はまったりを味わうこともなく終わってしまった。

夜、お風呂に入って寝る準備を整え、ベッドに潜《もぐ》り込んだあと。

私は、つらつらと考える。

本当は、今の私だけを知っていてほしい。この街では、ただのローニャでいたい。

ふと、獣人傭兵団の皆さんの過去を思い出す。セナさんとシゼさんから教えてもらった話。

十三年前、隣の国から流れてきた犯罪組織が、付近の街に大きな被害をもたらした。

獣人の皆さんの故郷の村も襲われて、ドムスカーザの領主様は獣人達と一緒に戦うことにしたのだという。その戦いでシゼさん達は両親を亡くし、故郷の村も失った。

そんな過去もあって、彼らは最果てのこの街で獣人傭兵団を結成したのだ。

……私は彼らの過去を知っているのに、自分は黙っているなんてずるい。

そんな思いが頭をもたげる。

できれば、ただのローニャでいたいけれど……彼らには、すべてを打ち明けてもいいのではないか。自分の口から、ちゃんと打ち明けるべきではないか。

……私が貴族令嬢をやめて家を飛び出した身だと知っていて、それでもありのままを受け入れてくれているのなら、なおさら。

仮に知らなかったとして、獣人傭兵団の皆さんなら、私がすべてを明かしても、今までと同じように接してくれると思えた。私の素性を他の方々に言いふらすことも絶対にないと思う。

けれど、それには勇気が必要だった。タイミングも考えてしまう。

皆さんに切り出す言葉をあれこれ考えているうちに、夜は更けていったのだった。

——次の日、慌ただしく午前の接客を終えて、一息つく。

今日、獣人傭兵団の皆さんに過去を告白するのだと思うと、ドキドキしてしまう。

胸に手を当てて深呼吸。それからランチを済ませようとした時——

「なんてこと……！」

ベーコンのブロックを買い忘れていたことに気が付いた。かわりにステーキとして出せる食材もなく、買いに行くしかない。

私は慌てて店を出る。入れ違いになってしまった場合を考えて、ドアにメモを挟んでおいた。それから急いでお肉屋さんへ向かう。

「あれ！　ローニャちゃんじゃないか。珍しい時間に来てくれたんだね、どうしたんだい？」

お店に入ると、白い髭《ひげ》を生やした体格のいい男性が話しかけてくる。お肉屋さんの店主だ。
「実は、獣人傭兵団の皆さんのお肉を買い忘れてしまって……うっかりしていました」
「それは大変だ！　肉がないと知ったら、大暴れしちゃうかもしれないもんな！　ベーコンでいいのかい？」
「せっかくなので、牛のステーキにします。ベーコンは、また明日の朝に買いに来ますね」
「お、じゃあベーコンは予約だね」
「はい」

ステーキ用に切ってもらった牛肉を受け取り、予約の用紙にベーコンの量を書き込んで、ローニャとサインした。それではまた明日、とお肉屋さんをあとにする。

よし、これで大丈夫。

袋を抱えて帰ろうとした私だけれど、帰り道とは反対の道にソレが立っていたものだから、足を止めてしまった。

漆黒の長い髪に、真っ黒なローブ。街中《まちなか》だというのに、普段は隠している角を露《あら》わにしたまま。羊のように、後ろに向かって伸びた黒い角だ。目の周りは赤いラインで縁取られ、瞳の色は妖《あや》しい灰色。

「見ぃーつけたぁーっ！」

三日月のように口元を歪《ゆが》ませて笑うのは、悪魔。鮫《さめ》の歯に似た、ギザギザの鋭利な牙《きば》が覗《のぞ》いている。

禍々《まがまが》しいその魔力は、目に見えないもののはっきりとわかる。

真っ先に頭に浮かんだのは、アメジストの石だった。そしてラクレインの羽根。

けれど、今日は慌てて出てきてしまったから、持っていない。

よりにもよって、どうして今現れるのだろう。

本当に、破滅と不吉の象徴──悪の根源のような存在だ。

悪魔を完全に封印すると約束してくれたグレイ様を呼べない。

悪魔はただ笑っていて、私は息を呑んだ。

6　不吉な予感。

「今日こそボクに屈してもらうよ！　ボクの天使ぃ！」

目をカッと開く悪魔に、私はぎこちなく笑みを返す。それから、即座に走り出した。

脇目も振らずに、結界を張っている店へ向かう。

「待て待てぇー！」

楽しげに弾《はず》む声が響き、ぶるりと身震いしてしまう。

左腕で牛肉の入った袋を抱きしめ、右手でドレスの裾を押さえ、全力で街を駆け抜ける。

「ごめんなさい」と謝りながら、驚いたように目を丸くする人々をよけていった。迫りくる無気味な声から逃げていると、やがて店が見えてきた。

「させるか！」

悪魔の声が、かなり近くから響く。けれど私は振り返ることなく、ただ店のドアを目指した。そしてメモを挟んだドアの鍵を開け、中に入ろうとした瞬間――

ガクン。

足が引っ張られて、その場に倒れてしまう。

見れば、私の左足に悪魔の手が絡み付いている。

結界が張ってあるのは、ドアの内側。上半身は店内に入っているけれど、下半身はドアの外。足を店内に引き込もうとしても、結界が悪魔の手の侵入を拒み、つっかえてしまう。カウンターの上に置かれたアメジストには、とても手が届かない。ラオーラリングも持っていないし、最悪だ。

「ムフフ……」

ギリギリで私を捕まえた悪魔は、妖《あや》しく笑う。

「いい加減私のことは諦めてください、悪魔ベルゼータ」

「まさかあのシュナイダーが、ローニャを手放すなんてねぇー。それでも心が汚《けが》れないなんて、本当に天使でしょ。こんなにも白くて眩《まぶ》しい人間、初めてだよ。超気に障るからぁ、絶対ボクに屈服させるっ！」

悪魔は負の感情を抱え込みやすい人間を好み、加護の魔法をかけられた人間を嫌う傾向がある。嫌いなら放っておいてほしいのに――

「邪魔者もいない……その目障りな純真な心を――ボクに染めさせてよ!!」

ゾワッと悪寒《おかん》が走り、鳥肌が立つ。

ベルゼータは、私を屈服させて自分の魔力で汚《けが》したがっている。

はっきり言って気持ちが悪いのでやめてください！　何度も言っているのに！

「――何、キモいこと言ってんだ」

その時、ベルゼータの顔がドスッと床にめり込んだ。頭を踏み潰したのは、青空に溶けてしまいそうなほど真っ青な髪を持つチセさんだ。

「お嬢、大丈夫？」

チセさんの背後には、ベルゼータの腰を足で踏み潰すリュセさんの姿があった。

「もが、もが、ふざ、けんなっ」

ベルゼータは、何やら喚《わめ》きながらじたばたしている。けれども、強い力を持つ獣人二人に踏み付けられて、なかなか起き上がれない。

「うっせー変態」

「黙ってろ」

チセさんもリュセさんも、加減することなくグリグリと踏みにじる。

「チセさん、リュセさん！　あ、ありがとうございます！　そのまま押さえ付けてください！」

悪魔の手が足から離れた瞬間、私は立ち上がって詠唱した。

魔法によって作り出した空間を開き、そこに保管していた魔法書を取り出す。開くのは、封印魔法に関するページ。そこに記された呪文を唱えながら魔力を放ち、胸の前で十字を切る。

「よけてください！」

「うお⁉」

眩《まばゆ》い光があたりを包み、何も見えなくなる。

やがて光がおさまると、チセさんとリュセさんが目を瞬《またた》かせていた。彼らの後ろには、シゼさんとセナさんもいる。

「大丈夫ですか？　皆さん、具合とか悪くなっていませんか？」

加護の魔法をかけたから、悪魔の魔力に当てられてはいないはず。だけど、念のため確認する。

「今のなんだよ、おっかねー魔法だな……」

チセさんはキョロキョロしながらも、店の中に入ってくる。

「封印魔法ってやつだろ」とリュセさんも続いた。

「別になんともないけど……魔導師グレイティアに封印してもらうんじゃなかったの？」

「……あ」

セナさんに指摘されて、思い出す。

「あぁ……しまった……そうでした……」

今日一番の失態に愕然《がくぜん》として、その場にへたり込んでしまう。

「ぶははっ！　うっかり封印したのかよ！　ウケる！」

チセさんがゲラゲラと笑い転げた。ええ、笑ってください。

「お嬢かっわいー」とリュセさんもからかってくる。

「すみません……被害が及ぶ前になんとかしなくてはと思ったら、つい」

「封印の上から封印してもらえば？　二重の封印は可能？」

セナさんの提案に、私は首を横に振る。

「相性次第では可能ですが……今回の封印では無理です」

「……君の失態だね」

「うう……はい」

私は、差し出されたセナさんの手を取って、立ち上がった。

……それにしても、どうして見つかってしまったのかしら。今まで悪魔は、学園を目印にして私に付きまとっていた。この場所がそう簡単に見つかるとは思えない。

考え込む私に、セナさんは優しく言う。

「まぁ、次に来たら完全に封印してもらえばいいよ。悪魔に見つかったとわかった分、注意もするでしょ」

その言葉に、私は頷いた。

「あーあ。もっと強いと思ったのによー、つまんねーの」

そうぼやくのは、チセさん。

「勝利を喜んでください。本当に、ありがとうございました。念のために、浄化しますね」

特に被害はないけれど、軽く浄化するために二階からセージを持ってきた。火をつけて煙を焚《た》く。嗅覚の強い獣人さん達には、少し我慢してもらった。

それから牛肉をしまい、キッチンから皆さんの注文を取ろうとしたところで、ある可能性に気が付いた。

悪魔は、不運を連れてくる存在。

私がベルゼータに執着されていたことは、兄も知っている。おそらく、悪魔の動向も探っていただろう。今回の襲撃がきっかけで、私の居場所がバレてしまう可能性もあるのではないか。

その考えに行き着いた瞬間、全身から力が抜けてしまった。

「どした？　お嬢」

リュセさんから声をかけられたけれど、答えることができない。

キッチンのカウンターに手をついて身体を支えていると、今度はセナさんが声をかけてきた。

「ローニャ、大丈夫？……顔、真っ青だけど。君のほうが悪魔の魔力に当てられたの？」

「あ、はは……久しぶりに走ったので、少し疲れてしまったみたいです。ちょっと座っていてもいいですか？」

私はよろよろとカウンター席へ向かい、腰を下ろした。その言葉は嘘ではなく、全力疾走したせいかふくらはぎがじんじん痛んでいる。

「それくらいで疲れちまったのかよ、だらしねーな」

「お恥ずかしいです」

「……強いのか弱いのか、わかんねーな。店長は」

チセさんの言葉に、私は苦笑を漏《も》らす。

「お嬢、揉んでやろうか？」

「いえ、結構です」

リュセさんのからかいを笑顔でかわしていると、店の床の中央がポオッと光った。その光の中から、ロトが三人現れる。ぐるりんっとでんぐり返しで登場し、両手を上に決めポーズ。

リュセさんはツボに入ったのか、「ぶは！」と噴き出した。

「こんにちは」

私が挨拶《あいさつ》をすると、セナさんがロト達のそばまで行ってしゃがみ込んだ。

「ラクレイン達に、悪魔が来たって伝えてきてくれる？」

「え、そんな……」

わざわざ伝えに行かせなくてもいいと、止めようとした。けれど——

悪魔というワードでロト達はブルブルと震え上がり、真っ青な顔をして慌てふためいたあと、まだ光っていた円の中へと飛び込んでしまった。

やがてその淡い光が消え、かわりに店の床全体がカッと光り輝く。

次の瞬間、空気が変わり、私達は暖かな光が注《そそ》ぐ森の中に立っていた。

「我が友よ！　大丈夫か⁉　何もされていないだろうな⁉」

そう詰め寄ってくるのは、枝色の肌にペリドットのような瞳を持つ精霊オリフェドート。

ロト達から事情を聞き、私達を瞬間移動させたみたい。強制召喚にも似た力を行使できるのは、精霊ならではだ。

「何もされていません」

私はオリフェドートの手を握り、微笑んで見せる。

「セージだ、清めるがいい」

彼からセージの枝を持たされたけれど、もう浄化は済んでいる。

「グレイティアはどこだ？」

「あ、それが……」

獣人傭兵団の皆さんに挨拶《あいさつ》することもなく、オリフェドートはグレイ様を探す。一緒にいると思い込んでいたらしい。

私の失態を白状しようとした時、のどかな空間に強風が巻き起こった。

「悪魔はどこだっ！」

荒々しい風とともに、ラクレインの声が響き渡る。どうやら勘違いしているみたい。

「わ、私が封印しました！」

ラクレインに届くよう声を張り上げ、悪魔はもういないことを伝えた。すると、ぴたりと強風がやむ。

「なぜだ。グレイティアはどうした」

ラクレインは私のすぐそばに降り立ち、翼に似た手で私の背中をパタパタと叩く。

「ローニャがとっさに封印しちゃったんだよ」

かわりに答えてくれたのは、セナさんだ。

「……いつもの封印魔法を使ったのか。お主らしくもない」

「面目ないです……」

「とにかく、グレイティアを呼ぶか。奴なら封印したあとでも、なんとか対処できるやもしれん」

オリフェドートの言葉に、私は慌てて首を横に振った。

「い、いけません！　多忙なグレイ様をお呼びたてしては迷惑です」

「何を言う！　ローニャのためならば、どんな仕事でも投げ出して駆け付けるぞ！」

「駄目です！」

「……」

魔導師グレイ様は、とてもお忙しい方。今彼を呼んでその手を煩《わずら》わせるのは、申し訳ない。今回の経緯と、次に悪魔が現れた時に封印をお願いしたい旨の手紙を書いて、届けてもらうつもりだ。

オリフェドートを宥《なだ》めていると、のそのそと大きな音が聞こえてきた。

パッと振り返ると、大きな大きな芋虫がこちらに向かってくる。その上には、トイプードルのような毛並みの妖精フィー達が乗っていた。

「なんだてめー！　ガルウウ！」

唸《うな》って威嚇《いかく》する、チセさん。彼はどうも人見知りらしく、初めての相手には警戒心を剥《む》き出しにするか黙り込んでしまうようだ。

芋虫は急停止し、つぶらな瞳に涙を溜める。大きな身体もプルプルと震え出した。

「チセさん、千年芋虫さんです。森の住人です」

私はチセさんにそう紹介し、千年芋虫さんのもとへ駆け寄った。

「ごめんなさい、大きいから驚いてしまったんですよ。お久しぶりです」

千年芋虫さんの広い額を撫《な》でると、震えが止まる。一方の妖精フィー達は、千年芋虫さんの上から滑《すべ》り下りてきて、ご機嫌な様子でじゃれついてきた。

フィーは、鼻と鼻を擦り合わせて挨拶《あいさつ》をする。私が膝をつくと、皆が順番に挨拶《あいさつ》をしてくれる。もこもこがいっぱいで幸せです。

その時、真っ白なもふもふが私の身体をぐるりと駆け回っていった。悪戯《いたずら》好きのフェーリス達だ。真っ白い猫のような小動物達。おかげで私は白い毛にまみれてしまう。

ラクレインが風で毛を払ってくれたあと、立ち上がって喫茶店に戻ろうとした。けれど――

「さて、戻りま……しょう？　あれ？　チセさんとリュセさんは？」

「フェーリスを追いかけていっちゃったよ」

「ええ？」

セナさんは、ぐっと伸びをしてからその場に座り込む。さらには、身体を横たえてしまった。

えっと、二人は遊びに行ってしまって、セナさんはお昼寝？　お店には戻らないの？

私が困惑していると、セナさんの優しい声が響いた。

「食事はあとでいいから。君も休みなよ。さっき、顔色が悪かったし、一眠りしたほうがいい」

そう気遣ってくれるセナさんのもとに、ロト達がやってきた。さらにはフィー達も寄り添い、一緒にお昼寝するつもりらしい。

「そうかそうか。休むがいい、我が友よ！」

オリフェドートは嬉しそうに言い、私の身体をぽんっと押した。

バランスを崩して、背中から倒れてしまうけれど、衝撃はほとんどない。オリフェドートが草を急速に成長させ、ベッドのように私の身体を包み込んだからだ。

こうもふかふかとした草に包まれては、起き上がりづらい。

さらには千年芋虫さんが横にやってきたため、ちょうどよく陽射しを遮《さえぎ》ってくれる。

気が付くと身体の力が抜けていて、瞼《まぶた》も自然と閉じていく。

その時、ふわりと何かがかけられた。それは、シゼさんの漆黒の上着。

そういえば、シゼさんの意見を聞いていなかった。彼らの食事を作る前に、お昼寝してもいいのだろうか。

けれど尋ねるより前に、シゼさんの指先がそっと瞼《まぶた》に触れる。優しい手が視界を遮《さえぎ》り、眠っていいと言ってくれているようだった。

その温かな指先に促《うなが》されて、私はゆっくり眠りに落ちていった。


——ポカポカと暖かく清らかな空気の中、やわらかい草のベッドで最高のお昼寝タイム。

そっと目を開けると、獣人傭兵団の皆さんもお昼寝中だった。森の仔猫フェーリス達、フィーやロト達もぐっすり。

皆の寝顔を見ていると、また一緒に眠りたくなってしまう。でも、目を覚ませばお腹が空いたと叫びそうなチセさんのためにも、一足先に帰ることにした。

付いていくと言い張ったラクレインとともに、喫茶店へ戻る。

さっそく獣人傭兵団の皆さんの食事の準備を始めると、少し不機嫌そうな声が響いた。

「悪魔が現れたら、呼べと言っただろう」

「買い忘れた食材がありまして……急いでいたので、羽根を持たないまま出かけてしまったんです……」

「今後は忘れずに身に付けておけ」

「はい、肝に銘じます」

ラクレインと話しながら、グツグツとソースを煮込む。

そしてしばらくすると、元気な声が聞こえた。

「店長ー、腹減ったぁ」

チセさんの声だ。

ラクレインは再び「次は呼べ」と釘を刺し、颯爽《さっそう》と帰っていく。それから、いつも通りの午後を獣人傭兵団の皆さんと過ごしたのだった。

――その日の夜。ベッドに潜《もぐ》り込んだ私は、兄について考えていた。

悪魔の襲来がきっかけで、居場所がバレてしまったかもしれない。そんな不吉な予感がどうしても拭《ぬぐ》えず、何か対策ができないか考える。そして一つの案が浮かんだところで、静かな眠りに落ちていった。何か忘れている気がすると思いながら……

翌朝、早めに起きた私は、魔法を使いつつ薬草を調合する。これを使えば、一時的に髪の色を変えることができる。

もし兄が悪魔の襲来を知れば、その街に自身の手の者を送り込むだろう。その際、外見を変えていたら、気付かれない可能性も高いと考えたのだ。

私は調合した薬草を髪に塗り込み、鏡を見る。特徴のある銀髪は、真っ赤な髪に変化していた。これなら、パッと見ただけでは私だとわからないでしょう。

それからいつもの朝の支度を済ませて、一階に下りる。開店準備を手伝いに来てくれたロト達は、私の髪を見て目を丸くしていた。もちろん、驚いたのは彼らだけではなく――

「うわ！　驚いた！　どうしたんだい？　一瞬、ローニャちゃんだってわからなかったよ」

お客さん達も、皆一様に驚いていた。

「気分転換に、色を変えてみたんです。どうですか？」

「印象が結構変わるな。いいね、可愛いよ！」

お客さん達の反応に、私は満足する。これなら、きっと兄の手の者が来てもわからないだろう。

その後、昨日はなぜ街を走っていたのかと尋ねられ、曖昧《あいまい》に笑って誤魔化《ごまか》した。そうして来店するお客さんに応対していたところ——

「似合ってない！」

お茶をしに来たセリーナさんの口から、ショックな一言が飛び出した。

浮かれていた分、大ダメージだ。

「そ、そうですか？」

本当は似合っていないのかと思い、他のお客さんを見回してしまう。彼らは揃って、首を横に振った。でも、セリーナさんだけはキッパリと言う。

「いつものローニャ店長がいい！」

「セリーナさんは率直ですね……」

「慣れないと落ち着かなーい……」

ぐずるように言いながら、セリーナさんはしょんぼりとうつむいてしまう。

「……紅茶とケーキ、お持ち帰りしまーす」

そうして、帰ってしまったセリーナさん。

……彼女の反応は、ぐさりと胸に刺さった。

兄の追っ手は怖いけれど、そもそも本当に悪魔の動向を探っていたかどうかわからない。もし探っていたとしたら、瞬間移動で手の者を送り込むはず。となると、この街に追っ手が来るのは今日だろう。

……明日、髪の色を戻そうかしら。

弱気な気持ちで午前の接客を終え、十二時を迎える。

そういえば、昨夜眠る時に、何かを忘れているような気がしたけれど、なんだったろう。

思わず考え込んだところで、ドアのベルがカランカランと鳴った。

「おかーしゃんのケーキ。ひとつください」

舌ったらずな可愛らしい声が響き、小さな男の子がお店に入ってくる。

おつかいに来たみたい。そういえば、今日はバースデーケーキの予約が入っていた。

「はい、今お持ちしますね」

一人で持って帰れるかしらと心配になりつつ、ケーキを箱に詰めていると、再びドアのベルが鳴った。

音に反応して振り返れば、獣人傭兵団の皆さんが立っている。よりにもよって、今日はシゼさんが先頭だ。

真っ黒で大きな獅子さんと、小さな男の子。

男の子は、獣人達を見上げながら固まっている。

……泣き出してしまうのではないでしょうか。

駆け寄ろうと思ったけれど、その前にシゼさんが動く。

男の子を一瞥《いちべつ》し、興味がないように横切ったシゼさん。でも、黒い尻尾がふわりと男の子の頬を撫《な》でた。

男の子はビクッと震える。シゼさんは素知らぬ顔でいつもの席に着いた。

次に、セナさんが男の子の前を通り過ぎる。その際、もふもふの尻尾が彼の鼻先を掠めた。

白いチーターのリュセさんも、尻尾で男の子のお腹をくすぐっていく。最後のチセさんは、ごわごわの尻尾で「おりゃ」と男の子の頭を撫《な》で付けた。

尻尾で遊ばれた男の子は、なんとも言えない顔をしている。……正直、羨《うらや》ましい。

獣人傭兵団の皆さんは、そっぽを向いて座っていた。でもリュセさんの長い尻尾だけが、男の子に見せつけるようにふわふわ揺れている。

「ケーキ、お待たせしました。外でお渡ししますね」

私は獣人傭兵団の皆さんに「少々お待ちください」と伝えて、店を出ようとする。男の子は私のエプロンにしがみ付きながら、皆さんに向かって手を振った。すると、全員の尻尾が一斉に揺れる。

男の子と一緒にポーチを下りて、そこで箱を手渡す。男の子はほっぺを真っ赤にしつつ、黙ってお金を支払い、箱を揺らさないよう慎重に帰っていった。

私は堪《こら》えきれずにクスクス笑いながら、店の中に戻る。

「何笑ってるの、お嬢」

「微笑ましいなーと思いまして」

「……何それ、変なの」

頬杖をついたリュセさんは、頭を抱えるように突っ伏してしまう。

「どうしました？」と覗《のぞ》こうとしても、リュセさんは顔を隠す。

「変だし、店長の頭」

チセさんから、グサッと来る一言。

「髪だろ、バカチセ。真っ赤な髪にイメチェン？　唐突じゃん、どしたのお嬢」

リュセさんがようやく顔を上げた。

「……変ですか？」

「んー、オレはいつものお嬢のほうがいい」

「僕達獣人族は、毛を染める習慣はないからね」

リュセさんのブーイングに続き、セナさんも言う。

「落ち着かないんだよね……単純に慣れ親しんだ髪色の君でいてほしいんだけど、駄目？」

私は少し考え込み、髪の色を元に戻すことにした。

指先に意識を集中させつつ、真っ赤な髪を手でほぐす。すると、ふわりと光が零《こぼ》れて髪の色が変化した。

「ん。いつものお嬢だ、可愛い」

リュセさんはニッと笑った。髪の色を元に戻しただけで、皆さんの雰囲気がやわらかくなったように感じる。気のせいかしら。

「こっちに来なよ、ローニャ。僕が結んであげる」

「え？　自分でできますが……」

「いいから、任せてよ」

せっかくなのでセナさんに結んでもらうことにして、隣の椅子に腰を下ろす。

十三年前、故郷の村を失くした皆さん。それから親を失った子ども達の面倒を見ていたと聞いたけれど、その中には女の子もいたのだろう。

セナさんは、ハーフに結んだ髪をクルッと回して後ろで編み込み、あっという間にまとめてくれた。

「ありがとうございます」

「別にいいよ、これくらい」

髪を邪魔にならないように結んでもらったところで、私は接客に戻る。そして、まったりした午後を過ごしたのだった。

――その日の夜。

兄のことはまだ気になるけれど、きっと大丈夫だと思えるようになっていた。心穏やかにベッドへ横たわり、眠ろうとして……ハッと飛び起きる。

元貴族令嬢だとカミングアウトしようと思っていたのに、完全に忘れていた！

悪魔の登場で、すっかり頭から抜け落ちていたみたい。うっかり続きの自分が恥ずかしい。

……大丈夫、明日こそは。そう自分に言い聞かせて、眠りについたのだった。

第5章 ❖ 悪魔の天使。

1　お酒作り。

今日こそは、獣人傭兵団の皆さんに私の過去を打ち明けようと意気込む。

空は爽快な青空だった。それに合わせて、真っ青なドレスを着て白いエプロンを付ける。

今朝、グレイ様から手紙が届いた。私からの手紙は近日出すつもりだったのだけれど、オリフェドートが気をきかせて事情を説明してくれたみたい。悪魔を完全に封印する絶好の機会だから、対処してみてくれるという。謝罪とお礼の手紙を書いて、ラクレインに渡してもらおうと思う。

本日のロト達は、朝からご機嫌。

私の髪の色を見て、またまたびっくりしていたけれど、どこかホッとした様子にも見えた。やっぱり、元の色のほうが良いのかな。

「あい！　あい！」と元気よく行進しながら、掃除を手伝ってくれる。可愛らしくお尻を振る姿は、見ているだけで癒《いや》される。

その後、お店を開店していつも通りの接客。私がすぐ髪を元に戻したことに、皆さん笑っていた。やがてお客さんが途切れると、ある人物が現れた。

深い紺色の髪と瞳の持ち主――ラーモだ。かつての私の護衛兼お世話係で、今はお祖父様《じいさま》の護衛を務めている。

「ラーモ！　いらっしゃいませ。今日はお一人？」

「はい、お嬢様。お邪魔いたします。お休みをいただいたので、ロナード様のかわりにまいりました。以前、お約束した味見の件なのですが、私が引き受けても大丈夫でしょうか？」

かしこまった態度で尋ねてくるラーモ。

「ふふ、もちろん！　感想を聞かせてください」

今日の獣人傭兵団の皆さんへのオススメは、ビーフシチュー。魔法の炎で、じっくりグツグツ煮込んでいる。その隣で、私はカクテル作りを始めた。

濃厚で、とろりとしたチョコレートカクテル。他にも、お菓子作りに使うリキュールでいろいろ試しているところだ。

試作のカクテルをラーモのもとへ運び、さっそく飲んでもらう。

「どうですか？　ラーモ」

「……とても、美味《おい》しいです。とろっとしたチョコの味わい……良いですね。お店に出しても問題ないと思います」

「良かった。……これはね、お店に出すものじゃなくて、友だち限定の新メニューなの」

「ああ、新しくできたご友人ですね。さぞ喜ばれることでしょう」

ラーモにそう言ってもらえて、自信が付いた。

「次は、このカクテルも試しに飲んでみて」

「はい、かしこまりました」

ラーモは、にこにこしながらカクテルを飲んでくれる。そして、どれも美味《おい》しいと太鼓判を押してくれた。

「……それで、最近、兄のほうはどうかしら？」

何気なく、兄の動向を尋ねてみる。

「……お忙しいようで、この頃はロナード様のもとへいらっしゃることもありません」

「そう」

「かわりと言ってはなんですが、レクシーお嬢様達が訪ねてきております。今はまだ……接触しないほうがいいと、ロナード様が説得しておりました」

レクシーとヘンゼルね。大切な友人達の名前を聞いて、懐かしさが込み上げる。

「レクシー達に会いたいです……でも、お祖父様《じいさま》のおっしゃる通り、しばらくは無理でしょうね」

ラーモは、少し困ったような表情を浮かべた。

「……ローニャお嬢様は、レクシーお嬢様とても親しくされていましたからね。お力になれず、申し訳ございません」

「謝らなくていいの。ふふ、でもね、ラーモ。出会ったばかりの頃、レクシーは私のことが気に入らなかったみたいなの」

「え？　そうだったのですか……意外です」

レクシーと出会った頃を思い出し、私は笑みを零《こぼ》す。

「私がガヴィーゼラ家の人間だから嫌いって、はっきり言われたわ。……誰にも心を許そうとせず、周囲を冷めた目で見ていたから余計にそう思われたのでしょうね」

「そ、そんな」

「でも、その後は打ち解けて仲良くなれたわ」

「……レクシーお嬢様は、ローニャお嬢様のことを誰よりも大切に思っていらっしゃいますよ」

「……ありがとう。こんな話をしていたら、ますますレクシーに会いたくなってしまったわ」

私達は顔を見合わせて笑った。

その後、お昼からほろ酔いになってしまったラーモは、「お役に立てて、良かったです」と緩みきった笑みを浮かべて帰っていった。普段はあまり見られない表情だったから、嬉しくなってしまう。

ラーモの評価も上々だったし、獣人傭兵団の皆さんには今日カクテルを振る舞おう。

じっくり煮込んでいたシチューも、無事完成した。彼らが来るのが楽しみだ。

ただ、明日のケーキ作りのことを考えると、リキュールの残量が心もとない。

皆さんが来るまでにはまだ時間がありそうだし、買い足しておこうかしら。

私が不在の間に来店した場合も考えてメモをドアに挟み、エプロンのポケットにアメジストとラクレインの羽根を入れた。

悪魔は封印したばかりだから、まだ出てくることはないと思う。でも、日頃から持ち歩く癖を付けておこう。

お店を出た私は、リキュールやお酒を扱っている雑貨屋へ向かい、いくつかのリキュールを買い求める。そしてお店を出たところで、見知った顔を見つけた。

陽射しでキラキラと輝く、純白の髪。後ろ姿もモデルのようにかっこいい。人間の姿を取ったリュセさんだ。

「リュセさん」

思わず声をかけてしまったけれど、リュセさんは女性達と一緒にいた。この街では見かけたことのない、三人の女性。もしかしたら、他の街の方かもしれない。

リュセさんはどうもナンパされやすい質《たち》らしく、人間の姿をしている時にはよく声をかけられてしまうそうだ。もっとも、獣人傭兵団の存在を知っている街の人は、上着を見ただけでその正体がわかるから、決して声をかけたりしない。

……もしかして、邪魔をしてしまったかしら？

「あ、ごめんなさい」

「いーよ、お嬢」

とっさに離れようとしたけれど、リュセさんのほうが私にひょいっと飛び付く。

そして次の瞬間、彼は白い煙に包まれて、純白のチーターさんに変身した。

女性達から漏《も》れる、小さな悲鳴。彼女達は、青ざめて逃げていった。

「掌《てのひら》を返す奴より、お嬢といたいしー。あ、何それ重そうじゃん」

リュセさんは、女性達の態度を気にした様子もなく、私の持つ袋を指差して言う。

「大丈夫ですよ」

「やーだ、オレが持つ」

ふざけたように笑って、袋を取り上げるリュセさん。

こんなに優しい人なのに、獣人だからというだけで避けられるなんて。

リュセさんと一緒に歩き始めると、街の方々は挨拶《あいさつ》することもなく、私達をよけていく。なんだか悲しい気分になってしまうけれど、リュセさんはどこ吹く風だ。

「お？　リキュールじゃん。今日こそ、カクテル作ってくれるの？」

ニヤッと歯を剥《む》き出しにして笑い、瓶を一本取り出すリュセさん。

「はい、そのつもりなのですが……今日、お酒を飲む時間はありますか？」

「あると思うぜ。昨日は暇でよ、さっきまで寝てたんだー。それにお嬢のカクテル、ボスが楽しみにしてたから、絶対飲むって」

リュセさんはどこか嬉しそうに笑う。

シゼさんがそんなに楽しみにしていてくれたなんて……気を引きしめて作ろう。

それから、今日は私の過去を告白すると決めている。これは、お酒を飲む前に聞いてもらおう。

やがて店に辿り着き、私が先に小さな階段を上る。そしてポーチに足を踏み入れた瞬間、店の結界に違和感を抱いた。

店にはさまざまな結界を張っているけれど、違和感を覚えるのは初めてだ。それに、この香り。どこかで嗅《か》いだことがあるような気がする。

眉をひそめつつ、扉のノブに手をかけようとした時——

「ふざけんなっ‼」

リュセさんの怒声が響いた。

2 膨《ふく》れる好き。＊リュセ＊

お嬢の笑顔には敵《かな》わない。

どんなことをしたって、負けちまう。

心地が良いと思う一方、ドキドキと心臓が騒がしい。

——最近は、お嬢にどう接していいか迷うことが多い。

きっかけは、街のそばまで賊《ぞく》が攻めてきて、彼女が手助けをしてくれた日。

その前の日に、「いってらっしゃい」だなんて可愛いことを言っていたから、もう一度言わないのかとからかった。きっと、また可愛い反応をしてくれるはず。

そう思っていたのに、お嬢は予想外の笑みを浮かべた。

「約束を守ってくださり、ありがとうございました。明日も来てくださいね」

そのとびきりの笑顔に、なんていうか、負けた。

それから、赤面させようと悪戯《いたずら》をしかけても、その笑顔で反撃されて、まともにお嬢の顔を見られなくなった。

胸がくすぐったくて、たまんなくなる。胸を押さえて、じたばたと転がりたくなる感じ。

この前までは、尻尾を絡ませるだけで、真っ赤になっていたのに。最近は、笑顔でかわされる。敵《かな》わねぇ。

思いっきりじゃれてみれば、きっとまた可愛い反応をするんだろうけど、勇気が出ない。どこまでがお嬢の許容範囲かわからないし、嫌われたら嫌だし。

また、そっぽを向いちゃうだけの日々に逆戻り。

でも、お嬢は変わらず笑顔を向けてくれる。

――その日、珍しくドムスカーザの街でナンパされた。

よその街から来た女だろう。街の人間は、オレの上着を見ただけで逃げていく。

愛想良くナンパを断ろうとしたところで、声をかけられた。

「リュセさん」

そこには、お嬢が立っていた。買い出しに出ていたみたいで、重そうな紙袋を抱えている。

お嬢は、女達を見て気まずそうな表情を浮かべた。だけどオレが獣人の姿になった途端に逃げていくような奴らだ。それよりも、オレはお嬢と一緒にいたい。

お嬢の荷物を持ってやり、二人きりで歩く。それだけで尻尾が揺れてしまう。

今だけお嬢を独占。やべー、嬉しい。

あっという間に喫茶店へ辿り着き、少し残念に思う。

軽い足取りで階段を上がっていくお嬢を見ながら、オレも一歩踏み出す。だけど、オレは音もなく弾《はじ》かれた。

これは――獣除《よ》けの護符《ごふ》。

オレ達獣人が近寄れないようにするためのもの。

目を眇《すが》めると、ポーチの手すりにそれが貼られていた。

オレは入れない。もう入れない。

お嬢に拒まれた。――嫌われたんだ。

そう思った瞬間、頭が真っ白になる。そして、気付いたら叫んでいた。

「ふざけんなっ!!」

抱えていた袋を、衝動的に地面へ叩き付ける。当然、中の瓶は粉々に割れた。

「なんのつもりだよ、お嬢！」

お嬢は、驚いた表情でこちらを振り返る。そして何かを言いかけるが、オレの言葉は止まらなかった。

「受け入れておいてなんだよ!! 拒むくらいならっ！ 最初から受け入れるんじゃねぇよ!!」

「ま、待ってくださいリュセさん！」

「触んなっ!!」

階段を下りて、手を伸ばしてきたお嬢。だけど、オレはその手を振り払う。それから、鋭い黒い爪を向けようとして、ピタリと止めた。

お嬢を傷付けるようなことなんて、できない。

オレは、震える声で叫んだ。

「オレ達のこと、嫌いになったのかよっ……!?」

「違うんですっ!!」

珍しくお嬢が大声で叫んだものだから、オレは驚く。

「……何が違うんだよ」

「私が貼ったものではないの！　ほら！」

よく見ると、お嬢の手には、さっきポーチの手すりに貼られていた護符《ごふ》があった。ライトブラウンのクリスタル。お嬢がそれを両手で包むと、カッと光ってクリスタルが弾《はじ》けた。その反動を受けた彼女の手が、赤く腫《は》れ上がる。

「私ではありません」

まっすぐオレを見つめる青い瞳。

オレは、やっと理解した。お嬢が貼ったんじゃない。他の誰かが勝手に貼ったんだ。

オレ達、獣人傭兵団への嫌がらせ。

お嬢が拒んだんじゃない。お嬢は、オレ達を嫌っていない。

それがわかって、力が抜けた。ポロッと涙が落ちる。

「ごめんっ……オレ……てっきり……」

嫌われたんだと思った。

それは、胸の奥まで切り裂かれるような痛みだった。

ポロポロとみっともなく涙が落ちる。止められない。

「悪い、一回、オレ、帰っ……」

帰って出直すつもりだったが、腕を掴まれた。

そのまま引っ張られたかと思えば、ぎゅっと抱きしめられる。優しい温もりに、目を見開いた。

「大丈夫です、リュセさん。理由もなく嫌いになったりしません。大丈夫ですよ」

そう言って、オレの頭を撫《な》でてくれた。あまりにも優しい声だったから、余計涙が溢《あふ》れてしまう。

こんなこと、されたことはなかった。言ってもらえたことはなかった。

「リュセさんは、ここにいていいのです」

「……うんっ……っ」

オレは、尻尾でお嬢の腕を叩き、離してほしいと知らせる。かっこ悪すぎて顔を見せられなくて、結局またそっぽを向く。

「オレ、一回帰る……」

「わかりました。皆さんとあとで来てくださいね。約束ですよ」

「ん、約束……」

そう呟くと、お嬢は優しい笑みを浮かべた。オレの胸をくすぐったくする、あの笑みだ。

「……ゆっくり来てください。私は犯人と話をしてきます。もう怒りました」

「え」

急に、お嬢の表情と雰囲気が変わる。

それは氷みたいに冷たくて、ギョッとした。

「犯人はおそらく、隣街の喫茶店のオーナーです。ほら、獣除《よ》けの護符《ごふ》を持って来店したことがあったでしょう？　もっとも、護符《ごふ》はシゼさんが壊してしまいましたが。この香り……彼の付けていたコロンの残り香ですね。またやってきて勝手に護符《ごふ》を貼り、それで私の友人を傷付けるなんて……絶対に許せません。しっかり言ってやりますね」

その時、確かに人工的な匂いに気が付いた。気が立っていて、今まで気付かなかった。

「お、おう……わかった」

お嬢も怒ることがあるのかと、びっくりする。新しい一面を見た。意外だ。

それからオレは、お嬢に別れを告げて、一度帰ることにした。

ああ、本当にかっこ悪い。

「ただいまー」

家に帰って談話室に向かうと、シゼとチセしかいなかった。

チセはいびきをかいて熟睡中。シゼは目を開けて、ちらりとこちらを見る。

「あれ、リュセ。なんで戻ったの？」

本を片手に、セナが談話室に入ってきた。最近、お嬢とその本の話で盛り上がっているようだ。面白くない。

「それがさぁ、お嬢の店に獣除《よ》けの護符《ごふ》が貼ってあってさー」

オレが泣いたことは黙っておく。誤魔化《ごまか》してそう言うと、セナは眉をひそめた。

「は？　どこかのバカの嫌がらせ？」

セナはすぐにお嬢が貼ったんじゃないって気付いた。なおさら面白くない。

「お嬢曰《いわ》く、前に来たことがある隣街の喫茶店のオーナーだってよ。ほら、すげー臭いやつ。お嬢がビシッと言いに行ってくれるって。だから、ゆっくり来てだってさ」

だらんとソファに凭《もた》れて伝える。すると、セナの顔色が変わった。

「……ちょっと待ってよ、それ」

毛を逆立《さかだ》てて、低い声を出すセナ。

「まさか、ローニャをおびき出す罠じゃないよね？　ただの人間なら、普通、僕らの報復を恐れて嫌がらせなんてしない……悪魔がしかけた罠じゃないのか⁉」

「っ‼」

封印したはずの悪魔。だけど、精霊とラクレインは、油断するなとしつこく釘を刺してきた。

まさか……

オレは飛び起きる。セナはすぐにチセを叩き起こし、立ち上がったシゼを振り返る。

「ラクレインを呼べ」

その威圧的な一言で、セナが屋敷を飛び出して幻獣を呼ぶ。

次の瞬間、竜巻みたいな強風が吹き荒れて、無数の羽根が舞い上がる。

「どこだっ！」

風の中から、ゾワっとするほど低い声が放たれる。巨大な鳥がそこにいるが、全貌は見えない。呼び出された理由をわかっているらしい。

「ローニャが罠にかかったかもしれない！　隣街の喫茶店で、場所は……」

セナの言葉の途中で、ラクレインは荒々しく言う。

「それなら知っている。掴まれ、落ちても拾ってやらんぞ！」

ブンっと何かが目の前に現れ、オレ達はそれに掴まった。正直なところ、風が強すぎて何も見えないが、今はラクレインの言う通りにしたほうがいい。

絶対に、お嬢を助ける。

約束通り、皆と行くからな、お嬢。

3　罠のあとのまったり。

リュセさんを傷付けた犯人は、おそらくマックウェイさん。

隣街の喫茶店のオーナーで、見た目は素敵な男性。私を口説きに通っていたけれど、獣人傭兵団の皆さんと遭遇してからは、その姿を見かけていない。

それにしても、今回の件はあまりにもひどい嫌がらせだ。彼には、リュセさん達の痛みなんて想像もできないのだろう。

私の友人を傷付けた以上、絶対に許さない。もう金輪際《こんりんざい》、私と彼らに関わらないでほしい。

私はドムスカーザの外れまで走り、誰もいないことを確認すると、浮遊魔法を発動させた。それから、隣街までひとっ飛び。

人通りの少ない場所を選んで降り立ち、マックウェイさんの喫茶店へ向かう。

私の店より、規模が大きな喫茶店の中に入った。白いテーブルの並ぶお洒落《しゃれ》な内装の店内は、なぜかガランとしていて、店員さんらしき人達も見当たらない。

マックウェイさんの後ろ姿は見つけたけれど、声をかけられなかった。

ああ、失敗してしまった。

ここは、魔法の領域内。それも、禍々《まがまが》しい闇の魔力に満ちている。

くらりと目が眩《くら》み、瞬《まばた》きを繰り返す。

その時、一人の女性が現れた。ふらついて、その顔をしっかり見ることができない。でも、それが誰なのかはわかった。

自由のきかない手で、ポケットからアメジストを取り出そうとする。それは、私の手からコロリと落ちていってしまった。そして、私の身体はついに床へ倒れ込む。

「つっかまーえたぁ」

ツインテールにした漆黒の長い髪に、真っ黒なドレス。漆黒のブーツを鳴らして近付いてきた悪魔は、私の上に跨《またが》った。

「油断したでしょー？　封印魔法対策、ちゃんとしてましたぁ。それに、腕が落ちたね。ちょっと前から知ってたんだよねぇ、君の居場所。街一つを守るくらい、おっきな結界なんて張るから、悪魔にバレちゃうんだよぉ？　調べるの、超楽だったし？　フラれたオーナーを誑《たぶら》かすのも、超簡単だったよぉ！」

女性の姿を取った悪魔ベルゼータは、にんまりと笑う。

その姿でマックウェイさんを惑わせて操り、今回の護符《ごふ》をしかけさせたのだ。

「あの獣ども、君が心の拠《よ》り所《どころ》だったから、拒まれたと思って傷付いたんじゃない？　生意気だったから、ざまぁないねぇ」

私は、改めて自分の未熟さを思い知る。闇魔法のこの領域では、加護の魔法も無力化されている。

その上、身体は動かず、言葉も出せず、私にはなす術《すべ》がなかった。

「興奮するねぇ！　綺麗すぎるその心が、ボクの魔力で汚《けが》されるなんて！　やっと、ボクのもとに堕《お》ちてくれるね。ボクの天使」

視界が黒く侵食されていく。じわじわと蝕《むしば》まれていく感覚。

悪魔が笑っている、とても幸せそうに。

とその時、咆哮《ほうこう》が轟《とどろ》いた気がした。

とても遠くから、私を呼ぶ声がする。

次の瞬間、悪魔の身体は吹き飛んだ。

黒く染まった視界にちらつく白い羽根は、きっとラクレインのもの。

そして、純黒《じゅんこく》の獅子が大きな口を開けて吠えている姿が、すぐそばに見えた。

私を呼ぶ声と咆哮《ほうこう》が入り混じる。けれど、やがて何も聞こえなくなり、何も見えなくなった。

──それは、雪の降る日だった。

淀んだ灰色の空から、しんしんと降り注《そそ》ぐ雪。それは、仄《ほの》かに光を宿す白い雪だった。

「どうしたのですか、こんなところまで」

学園の寮の窓から見える隣の塔に、悪魔が立っていた。

学園には結界が張られているため、彼のような存在は入れないはず。でも彼は、雪色のマントを羽織《はお》り、自身の禍々《まがまが》しい魔力を無効化してまでやってきた。

「雪を見てたら、会いたくなっちゃって。この雪、君にそっくりだなぁ。ムカつくほど純真って感じ」

「ムカつくなら、放っておけばいいじゃないですか」

私は苦笑してしまう。

悪魔は操りやすい人間を好む。加護の魔法のかかっていない人間や、負の感情に突き動かされやすい人間。私はどちらでもない。

「でも君を負かしたい。どーしても、敗北させたい」

「もう私の勝ちじゃないですか」

「やだね！　ボクは挑み続けるよ。かき集めた魔物の軍勢で精霊の森を襲撃していたところに、美しい少女が突然現れて打ち負かされたんだ。ボクを制圧できるなんて感動ものだけど、ムカつくんだもん。君は眩《まぶ》しすぎる。だから悪魔らしく、あの手この手で挑んで、君のことを汚《けが》してみせるよ」

悪魔はそう言ってニコニコする。まるで遊ぼうと誘う子どものようだ。

「友だちになりたいのなら、そう言えばいいじゃないですか」

「君とボクが友だち？　なれるわけないじゃん！」

雪の中、ベルゼータはお腹を抱えて笑い声を上げる。

「君は天使みたいだもの。ボクは悪魔。友だちにはなれっこないもの同士じゃないか！」

あはは、と彼は笑い続けた。

「ねぇ、君が堕《お》ちてきてよ。ボクのところまでさ」

だからこそ付きまとう。同じくらい汚《けが》れて、初めて友だちになれるのだと考えている。

悪魔ゆえの考えだ。

「それではいつまで経っても、私達は友だちになれませんね」

私の言葉を笑って流し、悪魔は言葉を続ける。

「少しは悪い子になりなよね～。家族の期待なんてきっぱり裏切っちゃえばいいし、人前で欠伸《あくび》だってしちゃえばいいのに、良い子ちゃんは疲れるじゃーん」

「そんなこと」

「できないでしょ？　だからボクが汚《けが》して楽にしてやるよ。悪い子のほうが楽しいって」

ベルゼータは、楽しげに塔の上でくるくると踊る。

「またね、ボクの天使」

「さよなら、もう来ないでくださいませ。悪魔ベルゼータ」

「やーだねー！　どこに行ったたって、君を追いかけるよ！」

その日から、ベルゼータは私を天使と呼ぶようになった。


――雪の降る日の肌寒さは、少しずつ遠ざかっていく。

何か温かいものに包まれている感じがして、私は重い瞼《まぶた》をゆっくり上げた。

最初に目に入ったのは、アメジスト色の瞳。濃厚な紫色の髪を高い位置で束《たば》ねている彼は、魔導師のグレイ様だ。

その奥に、壁に寄りかかって立っている純黒《じゅんこく》の獅子シゼさんが見えた。窓際に置かれたソファには、青い狼チセさんと、純白のチーターリュセさんの姿がある。皆さん、半獣の姿だ。

どうやらここは、私の自室みたい。

「お嬢！」

「店長！」

私を呼ぶ声が、はっきり聞こえる。でも、返事をするには身体が重すぎた。

「気分はどうだ？　ローニャ」

「……」

グレイ様に問われても、口を開く気にはなれない。

「身体が怠《だる》いだろう。悪魔が加護の効力を奪い、君を汚《けが》そうとした……軽症で済んだのは幸いだった。今は私の魔法をかけて治療している最中だ。七日ほどかかる。その間、意識がはっきりしないような、傾眠《けいみん》状態になってしまうだろう」

傾眠《けいみん》——その意味を考えながら、ゆっくりと起き上がる。すると、蓮華《れんげ》の妖精ロト達がコロンコロンと膝まで転がっていった。私の上に乗っていたのね。ごめんなさいの意味を込めて微笑みつつ、ロト達が起き上がるのを手伝う。

「……ローニャ。副作用はまだある。なかば強引に治療をしているようなものなんだ。悪魔の魔力は、負の感情を増殖させかねない。だから負の感情が高まった時、強制的に眠りに落ちることとなる。それ以上、負の感情が増さないように。君の場合、怒りが高ぶることはないだろうが、悲しみや恐怖も作用する。充分、気を付けて休むように——」

グレイ様の声が遠くから聞こえる。

私はライトグリーン色のロト達を、指の腹で優しく撫《な》でた。マシュマロみたいにぷにぷにしていて、触り心地が良い。両手の人差し指で、脇の下をなでなで。ロト達は小さな手足をバタバタと動かす。楽しいみたい。皆を順番に、ぷにぷになでなで。

「ローニャ。聞いているのか？」

背中を軽く叩かれた。ぼんやりしたまま背後を見ると、そこにはラクレインが立っている。翼で背中を叩かれたみたいだ。その翼は温かくてふわふわしていて、気持ち良い。

私はラクレインにぴったり寄り添ってみた。

ああ、あったかい。首元の羽毛がふわふわしていて気持ち良い。

「返事をしないか、ローニャ」

「……はい」

寝ぼけた声しか出せない。瞼《まぶた》が重くて重くて、これは夢なのかもしれないとさえ思えてきた。

「聞こえてはいるようだな」

呆れたようなラクレインに、グレイ様が頷く。

「しばらく時間がかかるだろう。ローニャ、今は休んでいてくれ。……そ、それとも、私の屋敷で休むか？」

「はぁ!?　なんでそうなるんだよ！」

リュセさんの声に、びっくりして震え上がる。

「こ、声を荒らげるな」

グレイ様に窘《たしな》められて、リュセさんの尻尾がしょんぼり落ちた。

「ご、ごめん、お嬢……」

私は、大丈夫だという意味を込めて微笑む。

「……本当にごめんな、お嬢。一人でなんて行かせたから」

「そ、それでローニャ。私の屋敷で休養しないか？」

再びそう提案してきたグレイ様に、私は力なく首を横に振る。

「いえ、お店が……」

「店は、しばらく休みだ。悪魔の被害に遭《あ》った身での営業は禁じられている。当然、現場も浄化中だ。……あの店は大きな被害を受けたから、当分は開店できないだろう」

「……？」

なんのことだろうと考えて、ようやく思い出す。

そうだった。私は助けられたんだ、獣人傭兵団の皆さんとラクレインに。グレイ様も、すぐに駆け付けてくれたのだろう。

「助けてくださり、ありがとうございます」

なんとか上半身を起こして、深々と頭を下げる。けれど、すぐにまた倒れてしまった。身体も頭も重い。眠ってしまいたい。これが傾眠《けいみん》状態か。

「なんなのお嬢、ほんと可愛いっ」

「うるせーよ、リュセ」

リュセさんとチセさんを宥《なだ》めつつ、セナさんがこちらを覗《のぞ》き込んでくる。

「で、どうするの？　ローニャ」

「私はここがいいです、ここじゃなきゃ……駄目なんです」

グレイ様の屋敷は、王都にある。そこには行けない、行きたくない。

なぜだか涙が込み上げてきて、目を潤《うる》ませると、グレイ様が慌てた様子で口を開いた。

「お、落ち着くんだ、ローニャ。わかった、ここが一番安らげるなら、ここで休んでくれ。……しかし、今の状態で一人暮らしは良くない」

「それなら我らがいる。我がずっとそばにいても構わん。お主らも、ローニャを放っておくつもりはないだろう？」

ラクレインの言葉に、セナさんが頷いた。

「午後には僕達が付いていられるから、その際にラクレインは一休みしたら？　あるいは僕らが順番に、付きっきりで看病するよ。今回は、僕らをダシにしておびき寄せられたわけでしょ？　償《つぐな》わせてよ」

「それでいいぞ」

「しかし」

ラクレインが承諾したあとに、グレイ様が何か言いかける。その時、地響きにも似た音がした。チセさんに視線が集まるから、たぶん彼のお腹の音だろう。

「うっせ！　腹が空いたんだ！」

ふふ、そういえば、ランチがまだでした。

「シチューがあります。食べましょう、ね？」

ベッドから下りると、よろけてしまう。すぐさまセナさんが支えてくれた。

「いいよ、君はベッドにいなよ……って、ローニャ」

「一階で食べましょう」

「我が運ぶ」

階段を下りようとしたら、ラクレインの風で一階に運ばれた。私はじっくり煮込んだビーフシチューを人数分お皿に盛り付ける。とても良い香りだ。

「我はいらんぞ。寝ぼけおって」

「あら、そうでした」

ラクレインは料理を好まない。

「なんでーい。店長の料理、絶品なのに」

むくれるチセさんに、ラクレインはあっさり返す。

「我は生肉しか食わん」

ラクレインは、狩ったものをそのまま食べるのが好きなのよね。

ロト達が必死に両手を振って主張するので、ラクレイン用によそったシチューは彼らに振る舞うことにする。「はいはい」と笑みを零《こぼ》しつつ、目の前に置いてあげる。

「ローニャの、手作り……」

「バカめ、この店のメニュー全部、お嬢の手作りだぜ」

「っ！」

カウンターテーブルに座ったグレイ様とリュセさんは、こそこそ何かを話していて楽しそう。その隣には、ちょっと呆れた様子のセナさん。ふふ、皆、仲良くなれるかしら。

「いただきます」

「召し上がれ」

シゼさんとチセさんは、いつも通りのテーブル席。

美味《おい》しそうにシチューを食べる皆さんをカウンターから眺めているだけで、とても幸せな気分。

うとうとしながら見つめていると、ロト達も真似をしてうとうと、うとうと。

その時、頭の上に何かが乗った。

それは、ラクレインの翼だった。ふわふわした温かい翼に包み込まれ、ますますうとうとしてしまう。

そういえば、悪魔を完全に封印できたのか、グレイ様に聞きそびれてしまった。それに、今日は獣人傭兵団の皆さんにカクテルを振る舞って、私の過去を告白するつもりでいたのに……。

だけど、すぐに思い直す。

皆がいてくれたら、私は大丈夫。

このまったりした時間が壊される日は、きっとこない。

不思議とそう信じることができた。

私の体調が良くなるのはもうちょっと先かもしれないけれど、明日もあさってもその

先も、皆さんは私のそばにいてくれる。だから、いつだってすべてを打ち明けられる。

目の前では、賑《にぎ》やかに食事を楽しむ獣人傭兵団の皆さんと、グレイ様。可愛い妖精さんもいる。

まったりした、幸せな時間。

きっとこれからも、この幸福な時間を積み重ねていくのだ。ずっと、ずっと――

書き下ろし番外編

悪魔の襲撃

オーフリルム王国の誇り高きエリートが集う学園、サンクリザンテ。

城のように立派な学園では、試験が迫っていた。

その試験に備えてローニャ・ガヴィーゼラは、学園の大図書館で一人調べものをしていた。

成績一位の座が、かかっているのだ。念入りに備えておく。

一位を取れなければ、家族にどんな冷たい言葉を浴びせられるか、わかったものではない。とは言え、一位を維持しても褒めてもらえない。ひたすら期待を押し付けて、高みを目指すように強《し》いる貪欲で冷血な家族。

ローニャは、常にそんな重圧と戦っていた。

「……古代の守りの魔法？」

ふと、目に留まったページを読む。

鎧だけの騎士を数多《あまた》召喚し、戦わせるという強力な魔法。

こんな戦争で活躍しそうな魔法を使うことは私にはないわね、と心の中で少し笑った。

そしてローニャは、試験の勉強を続けた。


試験当日。

ローニャは集中していた。全身全霊で備えた力を発揮し、一位を勝ち取るため筆記試験を行《おこな》っていた最中だった。

白い光が、ローニャの足元に円を描く。

すぐにローニャは、魔法契約をしている精霊オリフェドートの呼び出しだと気付いた。

つい数日前、同じく精霊オリフェドートと契約している、城に仕える魔導師グレイティアが、国の安全に関わる重要な儀式を執《と》り行《おこな》うと知らせてきた。

それは抜け出すことのできない大事な儀式のため、何かあった時はローニャを頼ると話していたのだ。

もしもの時など、そうそうないと笑っていたのに、呼び出しがかかってしまった。

緊急事態だと認識して、ローニャは立ち上がり、手を挙げる。

「先生、魔法契約の相手から緊急の呼び出しを受けました。失礼させていただきます」

「ガヴィーゼラ嬢⁉　試験中なのに……」

教師は驚きのあまり動きが止まった。

「そうですわ、ローニャ様。それに学年トップの座が……」

左隣の取り巻き令嬢の一人も、そっと声をかける。

「ローニャ……」

右隣には、婚約者のシュナイダー・ゼオランド。彼もまた学年トップ。

ローニャの家庭の事情をよく知っている彼は、ローニャを心配して浮かない顔をする。

「先生、魔法契約の相手に呼び出された場合、追試を受けられるという校則がありますよね」

「あ、た、確かに……ありますね」

「試験は再度受けさせていただきます」

ローニャの毅然《きぜん》とした態度に、教師はたじろぎながらも頷いた。

一礼したローニャは、シュナイダーだけに聞こえるように言う。

「友だちが助けを求めているなら、駆け付けなくちゃ」

「……ああ、そうだな」

シュナイダーは、力のない笑みでローニャを見送る。

頷きで応《こた》えたローニャは、カツンと白い光に合図を送る。

光に包まれ、精霊の森に着いたローニャは自分の目を疑う。

「ローニャ！　悪魔が襲撃してきた！　魔物を大勢操っている！」

精霊オリフェドートは、簡潔に状況を教える。

惑わす魔力を持つ悪魔に、魔物は操られやすい。

事実に驚きながらも、ローニャは周囲を見回した。

傷付いた動物や妖精は、オリフェドートの魔力が満ちたドームの中に避難している。

「我は森の住人の救出に専念する！　ローニャは前線で戦っているラクレインと共に悪魔と魔物を退《しりぞ》けてくれ！」

「わかったわ！」

ローニャは頷くと、飛行の魔法を行使《こうし》して、焦げ臭さと騒音のもとに向かった。その間も逃げ惑う動物や妖精とすれ違う。

焦げ臭さと騒音のもとで目にしたのは、見たこともない数の魔物達。

そして、幻獣ラクレイン。オリフェドートが認めたグレイティアとローニャにも心を許していない人間嫌いの幻獣。

ローニャが、そのラクレインの幻獣姿の全貌を見たのは、これが初めてだ。

巨大な鳥型は鳳凰《ほうおう》のよう。全体的に白いが、髪のように垂れた長い羽は、ライトグリーンとスカイブルーに艶《つや》めく。

そんなラクレインは、今まさにトドメを刺されるところだった。

ローニャは魔法で剣を作り出して、飛んだ勢いのまま割って入り、振り下ろされた悪魔の剣を止めた。

すると悪魔は魔物の後ろに身を隠す。

「手当てをします！」

水の魔法で鎮火しつつ、ローニャはラクレインの手当てをしようとした。

「人間のっ……貴族の小娘なんぞに救われたくはない！」

「！」

息も絶え絶えに、ラクレインは吐き捨てる。

起き上がれないほど弱っているにもかかわらずローニャの手当てを拒む。

「わかりました」

ローニャは引き下がるような言葉を口にしながら、治癒の魔法を施《ほどこ》した。

「何をする!! 要らぬと言っているだろ!?」

ラクレインは、牙《きば》を見せて怒鳴り付ける。

「森を救うには、あなたの力が必要です。苦情はあとで聞きます」

ローニャは冷静にそう告げた。

治癒魔法を注《そそ》ぎながら、片手で水を操り、襲いかかる魔物に攻撃する。

ラクレインは押し黙った。森を救うため。そう言われては治療を拒めない。

ローニャは目を閉じ、深呼吸をして、集中を高める。

「なぜ襲撃をしたのですか？」

襲いくる獣型の魔物をなぎ払いながら、ローニャは悪魔に問う。

「べっつにー。気まぐれだよー」

獣型の魔物の上で寛《くつろ》ぐ悪魔は、嘲《あざけ》るように答える。

気まぐれで、精霊の森を襲撃――

「ボクは、悪魔ベルゼータ。君誰？」

「名乗るほどの者ではありません」

「つれないなぁー。まぁいいや。君みたいな少女如《ごと》きが、加勢しても状況は変わらない。このまま壊滅させてもらうよ」

「そんなことはさせません」

ローニャは手を振り上げると、魔法陣を宙に描く。そこから悪魔めがけて氷柱の刃を放つが、魔物が庇《かば》う。

顔を歪《ゆが》めるローニャ。操られているだけの魔物を傷付けることは極力避け、悪魔だけを止めようと考えた。

そのためには、魔物達を退《ど》かさなければいけない。

ローニャは、剣を一振りすると、歌うように詠唱を始める。

それは先日、大図書館で目にした古代の守りの魔法だ。

古代の守りの魔法で召喚した黄金に輝く鎧だけの騎士達を操りながらローニャは悪魔に対峙した。

しかし、魔物が阻《はば》む。

ローニャは、集中力を切らさず、持てるすべてで戦った。

悪魔が、魔法の攻撃を仕掛けてくる。

ローニャは防壁魔法を発動して降り注《そそ》ぐ無数の炎の刃からラクレインと妖精達を守る。

そして激しい攻防に終止符を打つため防壁の魔法を詠唱しつつ、氷結の魔法で、魔物達の動きを封じる。

ローニャは庇《かば》う魔物達がいなくなった悪魔の前に舞い降り、剣を振るった。

形勢は、逆転した。

すぅ、と息を吸い、倒れた悪魔を封印するための魔法を詠唱する。

悪魔は、たった一人で進撃を止めた強く美しい少女を見上げていた。

封印されるまで、ずっと見つめていた。


悪魔が封印されたことによって、森に静けさが戻った。


「ふぅー……」

力尽きてローニャはその場に横たわる。

少しすると、静けさを取り戻し再生を始めた森に、数多《あまた》の淡く暖かな光が足下から立ち上《のぼ》る。

そんな光景をぼんやりと眺めているローニャの頭をオリフェドートが自分の膝に載せた。

頭を優しく撫《な》で付けられ、ローニャは癒《いや》されていくのを感じる。

会話をしながら、ローニャは眠ってしまった。

そんなローニャを心配して、妖精達が集まって覗《のぞ》き込んでくる。

穏やかな寝息を確認するとホッと胸を撫《な》で下ろし、彼女に寄り添った。

次から次へと寄り添おうとしたが、埋もれてしまうからとオリフェドートに追い払われる。

人の姿となった幻獣ラクレインも歩み寄り、ローニャを見つめる。

妖精達に寄り添われた森の恩人、ローニャを嫌い続けることはもうできないと思った。

そしてラクレインは、オリフェドートに許可を求めた。

ローニャを守る風になることを――

暖かな光の中、それは誓われたのだった。

RC Regina COMICS
令嬢はまったりをご所望。
1
原作 三月べに
漫画 梶山ミカ
アルファポリスWebサイトにて
好評連載中!
令嬢はまったりをご所望。1
三月べに
梶山ミカ
婚約破棄されたので
悪役令嬢を卒業してカフェはじめました。
待望のコミカライズ!
過労により命を落とし、とある小説の世界に悪役令嬢として転生してしまったローニャ。彼女は自分が婚約破棄され、表舞台から追放される運命にあることを知っている。
だけど、今世でこそ、平和にゆっくり過ごしたい!
そう願ったローニャは、小説通り追放されたあと、ロトと呼ばれるちび妖精達の力を借りて田舎街に喫茶店をオープン。すると個性的な獣人達が次々やってきて——?
B6判・定価:本体680円+税 ISBN:978-4-434-26756-7
大好評発売中!
アルファポリス 漫画
検索

RC Regina COMICS
大好評発売中！
原作 黒田悠月 Yuzuki Kuroda
漫画 甲羅まる Maru Koura
悪役令嬢になりました。
待望のコミカライズ！
仕事帰りに交通事故に遭い、命を落とした楓《かえで》。短い人生だった……そう思っていたら、自称神様とやらが生き返らせてくれるという。——ただし、断罪ルート確定の悪役令嬢として。第二の人生もバッドエンドなんてお断り！　のんびり楽しく暮らしたいんです！　そう考えた楓は、ゲームのメインキャラには近づかないと決意。ところが、なぜかヒロイン達から近づいてきて——!?
断罪ルートも聖女になるのもお断りですっ!!
アルファポリス 漫画
検索
B6判／定価：本体680円+税
ISBN:978-4-434-27116-8

Regina COMICS
アルファポリスWebサイトにて好評連載中！
転生令嬢は庶民の味に飢えている 1
原作✦柚木原みやこ
Miyako Yukihara
漫画✦住吉文子
Yukiko Sumiyoshi
大好評発売中！

原作 柚木原みやこ 漫画 住吉文子
転生令嬢は庶民の味に飢えている 1
異世界で日本の料理が食べたい！
もふもふ×グルメファンタジー待望のコミカライズ！
転生令嬢がご飯のために大奔走！

私は
悪役令嬢
原作＝音無砂月
漫画＝不二原理夏
1
大好評
発売中！
闇使い
だからって必ずしも
悪役だと
思うなよ
なんかじゃ
ないっ!!
Regina
COMICS
アルファポリスWebサイトにて
好評連載中！
待望のコミカライズ！
とある事件のせいで生涯を終えた桜《さくら》。自分の人生こんなものか……と落ち込んだのもつかの間、気づけばかつて読んでいた小説の世界に、悪役令嬢のクローディアとして転生していた！ しかも、闇の精霊王の加護を持つ彼女は人々に嫌われ、最期はヒロインに殺される運命で!? 前世でも今世でも破滅エンドなんて嫌！ なんとかシナリオを変えるべく、行動を開始したけど――？
アルファポリス 漫画
検索
B6判／定価：本体680円＋税
ISBN:978-4-434-27117-5
私は
悪役令嬢
音無砂月
不二原理夏
1
なんかじゃ
ないっ!!
ざまぁされるシナリオだけど…
闇の力で
破滅エンド、
回避します!!

本書は、2018年9月当社より単行本として刊行されたものに書き下ろしを加えて文庫化したものです。


この作品に対する皆様のご意見・ご感想をお待ちしております。

おハガキ・お手紙は以下の宛先にお送りください。

【宛先】

〒150-6008 東京都渋谷区恵比寿4-20-3 恵比寿ｶﾞｰﾃﾞﾝﾌﾟﾚｲｽﾀﾜｰ 8F
（株）アルファポリス　書籍感想係

メールフォームでのご意見・ご感想は右のＱＲコードから、
あるいは以下のワードで検索をかけてください。

アルファポリス　書籍の感想　検索

ご感想はこちらから

レジーナ文庫

令嬢《れいじょう》はまったりをご所望《しょもう》。2

三月《みつき》べに

2020年6月30日初版発行

文庫編集－斧木悠子・宮田可南子
編集長－太田鉄平
発行者－梶本雄介
発行所－株式会社アルファポリス
〒150-6008 東京都渋谷区恵比寿4-20-3 恵比寿ｶﾞｰﾃﾞﾝﾌﾟﾚｲｽﾀﾜｰ8階
TEL 03-6277-1601（営業）　03-6277-1602（編集）
URL https://www.alphapolis.co.jp/
発売元－株式会社星雲社（共同出版社・流通責任出版社）
〒112-0005 東京都文京区水道1-3-30
TEL 03-3868-3275
装丁・本文イラスト－RAHWIA
装丁デザイン－AFTERGLOW
（レーベルフォーマットデザイン－ansyyqdesign）
印刷－株式会社暁印刷

価格はカバーに表示されてあります。

落丁乱丁の場合はアルファポリスまでご連絡ください。

送料は小社負担でお取り替えします。


ISBN978-4-434-26731-4 C0193